D1275009

PERDIENDO EL TIEMPO ENCONTRADO

Javier Valdés

PERDIENDO EL TIEMPO ENCONTRADO

Perdiendo el tiempo encontrado
D.R. © Javier Valdés, 2005

De esta edición:

D.R. © Santillana Ediciones Generales, SA de CV
Universidad 767, colonia del Valle
CP 03100, México, D.F.
Teléfono: 54-20-75-30, ext. 1633, 1623
www.sumadeletreas.com.mx

Primera edición: julio 2008

ISBN: 978-970-58-0313-0

Diseño de cubierta: Víctor Ortiz Pelayo
Diseño de interiores: Fernando Ruiz
Lectura de pruebas: Óscar Madrigal y
                        Elizabeth Corrales Millán
Cuidado de la edición: Jorge Solís Arenazas

Impreso en México

Índice

A Rubén Valdez

I

Empecé a trabajar en la funeraria por mera necesidad.

Mi padre tenía un humor del carajo e invariablemente lo despedían de sus empleos; por consiguiente, nunca había dinero en casa y, si bien mi madre conseguía algo trabajando por su cuenta como costurera, sencillamente no alcanzaba y mi padre ordenó que me pusiera a trabajar —por lo menos en las tardes—, según él, para que no me fuera a convertir en un vago.

Don Alberto, uno de los socios en la funeraria, había estado casado con una hermana de mi madre y me había ofrecido la chamba cuando iba a cumplir los trece años.

Básicamente, se trataba de limpiar las tinas donde habían bañado a los muertos, rellenar los diversos depósitos para embalsamar, barrer, cambiar las flores —sobre todo de una capilla a otra, cuando no se las llevaban los deudos— y llevar a cabo labores de limpieza y mantenimiento en general.

Lo primero que realmente me impactó fueron los cuerpos recién lavados, encima de las mesas de trabajo. Si no se encontraban muy maltratados, parecían dormidos y que en cualquier momento podían despertar. Después de observarlos durante un buen rato, estaba seguro de que habían respirado, movido un músculo del rostro o un dedo, o que tal vez habían flexionado ligeramente una rodilla.

Pero en verdad a todo se acostumbra uno. Pasados los meses, ya ni siquiera les prestaba la menor atención, a menos que se tratara de un caso muy particular, pero había pocos de éstos.

Aprendí muchas cosas: la psicología de los deudos, la anatomía de los cadáveres; pero, sobre todo, la indiscutible ironía de la muerte —y de la vida, por supuesto.

Muy pronto, aquello se convirtió en mi mundo. Mi realidad y mis fantasías se fundían en una, en ese sitio tan raro para algunos y tan agradable para mí.

Aprendía de todo en ese bien organizado microcosmos. Fui rotando en todos los niveles y aspectos del negocio, y muy pronto decidí dejar la escuela y dedicarme de tiempo completo a la funeraria. Mi padre se hubiera opuesto a esa decisión, así que se la plantee de manera inversa: le dije que deseaba dejar la funeraria, ponerme a estudiar más cosas y, por supuesto, funcionó. Mi trabajo se convirtió en mi profesión y en mi vida. Llegaba temprano, a eso de las siete de la mañana y desayunaba en la cafetería. Allí me enteraba de las novedades de la noche y la madrugada y luego me dirigía a la oficina para ver si se necesitaba algo especial de mí, ya que, como había entrado a trabajar a la funeraria desde niño, podía suplir a cualquiera que no se hubiera presentado a laborar.

Algunas veces hube de hacerla de chofer de carroza. Recuerdo una vez en particular que llevábamos a un viejito como de cien años a enterrar al Panteón Español y venía tras nosotros una comitiva considerable. Mi compañero de carroza era don Felipe, un hombre macizo, de unos cuarenta años. Podía cargar un ataúd él solo, pero además tenía una debilidad: era "cantautor". Se había comprado un teclado de segunda mano y su hija Eugenia le había hecho unas grabaciones; nos echamos una hora y media hasta el panteón y otra de regreso, escuchando las interpretaciones de don Felipe sobre su propia obra musical. Viéndolo siempre de traje negro y corbata, muy serio, uno no se imaginaba a don Felipe interpretando una cumbia bien cachonda, con letras entre Agustín Lara y Juan Gabriel. Tal vez tenía mala entonación y poca voz; pero a pesar de ser mediano en el teclado, su música se podía escuchar... Un rato.

Los embalsamadores, por su lado, se cocían aparte; eran bien borrachos y era algo muy común que alguno de ellos faltara a trabajar a causa de una cruda. Entonces yo entraba al quite. Allí me gustaba mucho estar porque era como perderle el respeto —¿la repugnancia?— a la muerte. Al cambiarle la sangre por momificantes, convertía uno el cuerpo de una persona en un muñeco. Tal vez el factor sangre, aunque ya no circulara por el cuerpo, era la última dignidad humana que quedaba en aquellos desechos orgánicos.

Igualmente aprendí mucho sobre maquillaje y "hojalatería", como le llamaba don Ángel, el maquillista. Su taller de reparación de cuerpos era una ecléctica colección de vulcanizadora, tlapalería, salón de belleza y panadería.

Nunca olvidaré el día que rellenó el cadáver de un hombre maduro, muerto de un balazo en la cara.

—Vete por unos cocoles.

—¿Ahorita?

—Sí, ahorita.

Se me había hecho raro que don Ángel pidiera unos cocoles a las tres de la tarde. Apenas habíamos comido en la cafetería. Pero lo que quería era rellenar los faltantes en el rostro del cadáver, ocasionados por una bala expansiva. El resultado fue perfecto.

También aprendí sobre el negocio de las flores.

—Los crisantemos —decía don Germán, el encargado de los arreglos y las coronas— son los más convenientes. Siempre sugiéreles crisantemos. Esos son discretos, duran bien y no sueltan basura. Cuando te pregunten por una florería, recomiéndales "La Gloria", aquí a la vuelta; en esa tenemos comisión. Cada vez que mandes a alguien allí, te toca un varo.

Pero lo que más me gustaba eran las relaciones públicas. Me paseaba por la funeraria, de traje azul marino y corbata, impecable, yendo de arriba abajo, siempre descubriendo detalles para mejorar el servicio.

La excelencia me obsesionaba. Una tarde, mientras hacía mi rondín revisando que todo marchara bien, escuché a la puerta de una de las capillas que una joven de unos veinte años señalaba, sollozando:

—Mi papi quería que le lleváramos unos mariachis... ¡El pobre...! Pero orita sí no tenemos pa' mariachis, lo que sea de cada quien.

Me encargué personalmente —y de mi bolsillo— de que los mariachis fueran al panteón y le tocaran

"Las golondrinas" al finado. La hija quedó encantada. Nunca supo de dónde vino el favor.

Desde luego, ese detalle fue excepcional, pero era lo que me gustaba: que nuestro servicio fuera excepcional, excelente.

Poco a poco fui aprendiendo la importancia de todos y cada uno de los detalles de mi trabajo, tan delicado, en ese último nivel en el que ya no hay tiempo ni lugar para equivocaciones o correcciones.

Pocos se dan cuenta en un velorio de que lo realmente importante es el finado. Para la mayoría es un evento social y, como tal, hay lugar para una reunión. Hay anécdotas, comentarios, bromas, muy buenos chistes y, por otro lado, dolor, terrible sensación de pérdida, desconsuelo.

Durante cuarenta años, rara vez escuché a alguien mencionar los intereses afectados del muerto como tal:

—Lástima. No va a poder ver la final de fútbol del domingo.

La gente en general no se lamenta por lo que el muerto ya no va a poder hacer, sino por lo que uno no podrá hacer a causa del muerto. O bien, el gran sufrimiento que nos acarrea el difunto. En verdad, no sufrimos por la muerte de un ser querido en sí, sino por la pérdida. No sufrimos por *él,* sufrimos por *nosotros.*

En fin, no es de extrañar que, una vez dominado el asunto, quise tener mi propia agencia funeraria y trabajaba un día embalsamando un cuerpo cuando mi compañero de oficio me sugirió la misma idea.

—Podemos ahorrar y yo tengo un tío que nos puede conseguir un préstamo en el banco —aseguró.

Se llamaba Alexander; había estudiado medicina y dizque estaba haciendo una especialidad en patología. El tiempo que tenía disponible lo dedicaba a la funeraria.

—Aquí aprendo más que en cualquier otra parte.

Era muy parco, pero poco a poco fuimos desarrollando una sólida amistad y con el tiempo maduramos cada vez más la idea de formar nuestra propia empresa funeraria. Conocíamos todo el negocio de primera mano. Estábamos conectados con lo último en tecnología para cadáveres y teníamos gente en Salubridad, en los panteones y en los crematorios.

Fuimos juntando nuestra experiencia y ahorros y pasábamos el escaso tiempo libre buscando sitios apropiados. Apropiado significaba tener visión para el negocio. Por ejemplo, que hubiera bastante lugar disponible para estacionarse, unas dos o tres accesorias para poner un estanquillo, una florería y, antes que nada, una cafetería.

El lugar debería estar en la colonia Roma, ya que donde despachábamos entonces era en esa zona y no deseábamos explorar terrenos comerciales que no conocíamos.

Finalmente, un día encontramos el lugar ideal —de acuerdo con nuestras posibilidades.

Alexander consiguió un crédito en el banco, gracias a su tío, y así pusimos un estanquillo, dos florerías —una más cara que la otra— y una cafetería bien surtida, abierta las veinticuatro horas. También compramos a crédito dos carrozas fúnebres Lincoln, nuevecitas.

No dejó de llamarme la atención la facilidad con que en el banco aflojaban los billetes. Un día, el gerente de la sucursal me explicó:

—Nada más hay dos negocios que nunca fallan: los hoteles de paso y las funerarias. Si no hay crisis, la gente se sigue muriendo y se pone a coger. Si hay crisis, la gente se sigue muriendo y se pone a coger. Sin embargo, no es seguro que uno vaya a un hotel de paso y sí lo es que se muera, así que el suyo siempre será el mejor negocio a largo plazo. O, por lo menos, esos son los resultados que han arrojado los estudios del departamento de mercadotecnia del banco.

También por cuestiones de mercadotecnia —y sobre todo porque era quien más había aportado para la empresa—, la agencia se llamaría "Alexander's". Parecía que el nombre sonaba bien, pero a mí siempre me sugería el de una estética de segunda.

Originalmente, la finca había sido una casa grande, de seis recámaras en la parte alta y una estancia generosa en la parte baja, amplio lugar para el comedor, una gran cocina y salón de juegos, pero además —y lo más conveniente— contaba con un sótano en perfectas condiciones. Por si fuera poco, los drenajes y las tuberías funcionaban muy bien. Tenía una buena cisterna y permiso de uso de suelo.

El enorme jardín podía ser adaptado para estacionamiento con gran facilidad.

En fin, tenía todo lo que se necesitaba.

Como en todos los negocios, uno parte y comparte; así, por ejemplo, la novia de Alexander era la gerente de la florería cara. Una tía, la gerente de la cafetería, y la mamá de Alexander la encargada de la florería chafa y el estanquillo. Un primo de mi novia se ofreció a ser chofer de una de las carrozas y Yoyo, el hermano de Alexander, conducía la otra.

Y así las cosas, se trataba de un negocio familiar. Con el tiempo, pusimos nuestra propia fábrica de ataúdes, pero tuvimos que cerrarla ante la competencia de los ataúdes chinos, de menor calidad pero mucho más baratos.

Pensé que, afortunadamente, los cadáveres que eran la materia prima de nuestro negocio no se podían importar de China, ni de ninguna otra parte. Eso aseguraba el negocio y podía ser tomado en cuenta también por el departamento de mercadotecnia de los bancos.

Hasta aquí la breve historia de mi vida en el mundo de las pompas fúnebres. Cuando cumplí los cincuenta empecé a pensar en retirarme, y a los cincuenta y tres decidí hacerlo, con el fin de dedicarme un poco a mí mismo, así que me autojubilé, conservando la mitad de las acciones y, por tanto, los dividendos de las mismas y mi puesto honorario en el directorio de la empresa.

II

Los sueños son manejables mientras son sueños.

Cuando llegan a convertirse en realidad, se vuelven un engendro. No son ni una cosa ni la otra. Ni la fantasía ni la realización del asunto.

Son como una suerte de zombi.

La mayor parte de las veces, un deseo *per se* es infinitamente más interesante, emocionante y agobiante que el hecho de conseguirlo.

Este es el caso cuando uno anhela dejar en definitiva el trabajo.

Y no es tan sencillo como parece.

El trabajo atrofia.

Después de realizar prácticamente la misma actividad durante muchos años, no se trata nada más de cambiar los hábitos. Hay que cambiarlo todo: la rutina del sueño, de las comidas, de la vestimenta, de la digestión y de todo —o casi todo— lo demás.

Retirarse no es tan fácil.

Al final de cuentas, se trata de un sueño, un espejismo. Una ilusión.

Como todos los sueños, cuando se realizan se vuelven eso, reales, y pierden su estatus. Entran a la vulgaridad del mundo donde las cosas suceden.

Yo me había hecho a la idea que a los cincuenta y tres y con una buena renta mensual, después de haber trabajado cuarenta años, me dedicaría a hacer otras cosas.

¿Qué cosas?

Otras cosas.

Pero, principalmente, nada que tuviera que ver con cadáveres, ataúdes, entierros o algo parecido. Ya había tenido suficiente de la parafernalia de la muerte. Ahora deseaba aprender sobre la vida. Sencillamente —pensaba— haría lo que nunca había hecho: iría al cine, a museos; no me levantaría cuando hiciera frío en la mañana; no usaría reloj, traje o corbata.

Pero, sobre todo, nada que ver con la muerte.

Había encontrado mi tiempo y me proponía utilizarlo.

Los primeros días se me hacían formidables. Me levantaba cuando me daba la gana —aunque en realidad me despertaba a la misma hora de siempre, la que mi reloj biológico reconocía a la perfección después de cuarenta años—, hojeaba un par de periódicos, me bañaba en tina, veía la televisión, leía mucho y disfrutaba bastante del tiempo encontrado, pero a medida que pasaban los días, no sabía ya muy bien cómo llenar las nueve o diez horas diarias que le había dedicado al trabajo durante tantos años. Me sentía como mutilado. Nada me llamaba la atención. Todo lo que había imaginado que sería el retiro era eso: mera imaginación.

De esta manera, después de unas cuántas semanas de jubilado, ya estaba pensando seriamente en volver a trabajar y, de no haber sido por una mujer, esto no hubiera sido escrito y yo seguramente estaría de vuelta en la funeraria.

III

Alexander me invitó a una reunión en su casa. Por lo general prefería no socializar con él. Tantos años juntos en el trabajo nos habían convertido en una especie de siameses y no deseaba agregar a esto la parte social.

Me agotaba.

En principio pensé en no acudir, pero luego mi otro yo me dijo que lo que más me hacía falta era salir a orearme, a buscar… ¡algo! Lo que fuera, y así decidí asistir.

Desde luego, no tenía absolutamente nada mejor que hacer. Una vez camino a casa de Alexander, pensé que iba a aburrirme solemnemente. Mi socio nada más hablaba de futbol y su mujer era un poco tonta y bastante engreída.

Solía jactarme de que casi nunca me equivocaba en mis juicios. Aquella noche fue la equivocación de juicio más completa que he tenido en toda mi vida. Al contrario de lo que me había figurado, los parientes de Alexander resultaron ser muy simpáticos, le metían duro al baile y lo hacían muy bien. Nomás de mirar cómo bailaban, ya había valido la pena la noche, pero hubo más. Todo lo que habían cocinado era realmente un deleite: chicharrón en salsa verde, champiñones al ajillo, frijoles charros, tacos sudados, en fin, hacía mucho tiempo que no comía tan bien y tan delicioso como aquella noche.

Me disponía a sacar a bailar a una morena de unos treinta y cinco años que alguien me había dicho que era divorciada, cuando me interceptó la esposa de Alexander:

—Déjame presentarte a una amiga.

No me resistí, sobre todo cuando nos dirigimos a una mujer bastante guapa, de unos cuarenta años, con pantalones negros ajustados y un escote muy atrevido.

—Te presento a Gabis.

—Encantado.

Gabis me analizó de arriba abajo en una fracción de segundo; luego me dio un beso en la mejilla y dijo un indiferente:

—Hola.

Bailamos unos danzones muy sabrosos, y cuando comenzó la salsa, Gabis se disculpó para ir al baño. Entonces se me acercó Alexander:

—Ten cuidado compadre, esa vieja es muy peligrosa.

—¿Gabis?

—Sí. ¿Te acuerdas del señor aquel de Las Lomas que acusaron de violar a siete mujeres?

—¿El Viagras?

—El mismo.

—¿Qué tiene?

—Pues que fue la Gabis la que mandó al cabrón ese a cadena perpetua.

—¡Órale!

Ya venía Gabis bien peinada del baño y Alexander desapareció.

Platicamos un rato, quedamos de vernos en otra ocasión y así iniciamos una especie de amistad.

Gabis fue toda una experiencia, y no tanto por su personalidad u otra razón propia de ella, sino porque me guió a la historia que me ocupa.

La invité en una ocasión al cine y cuatro veces a comer tacos.

No sabía qué andaba buscando en ella exactamente, pero me provocaba una gran curiosidad el hecho de que hubiera enviado a un tipo a cadena perpetua.

También me atraía el hecho de que se pudiera comer tantos tacos.

En fin, lo más excitante con Gabis sucedió un día que la invité al restaurante Arroyo y se tomó varios tequilas. Fue entonces cuando pudimos ahondar en la plática sobre el hombre a quien había mandado a la cárcel de por vida.

—Era mi jefe— explicó con la boca llena de carnitas.

—¿Tu papá?

—No —hizo una pausa para darse un buche de tequila y después aclaró—, mi jefe del trabajo. Yo era su secretaria; lo acusaron de violarme y tratar de lanzarme por la ventana.

—¡Vaya! ¿Y por intento de homicidio le dieron cadena perpetua?

—No, fue por varios intentos y varias violaciones.

—Un tipo de cuidado, ¿no?

—Pues, la mera verdad, no.

—¿Entonces?

Animada por los tequilas y de muy buen humor por los tacos, me confió:

—Lo que pasa es que les pedí a algunas de mis amigas que lo acusaran de lo mismo y por eso lo entambaron para siempre. No deseaba verlo nunca más.

—Ya me puedo imaginar el odio que le tenías.

—¿Odio? ¡Para nada! Lo que pasa es que si no lo encierran, me hubiera vuelto loca; el Viagras me ponía demasiado nerviosa.

No alcanzaba a comprenderla, sobre todo porque, mientras esto decía, se sirvió bastante cuerito en una tortilla, luego lo roció con maciza de primera, no escatimó en cebolla y cilantro picados, peinó la mezcla con las uñas, bañó todo generosamente con salsa verde, armándose un megataco —para comer a dos manos—, lo miró unos instantes apreciativamente y, por fin, lo atacó a mordidas.

Me quedé estupefacto.

Gabis estaba cabrona.

Sin duda.

IV

Durante varios días estuve pensando en el Viagras y su triste destino. Por supuesto, si me hubiera encontrado trabajando, no le habría prestado mayor atención al asunto, pero como no tenía nada mejor que hacer, investigué en dónde se encontraba recluido y, después de pensarlo varias veces, decidí hacerle una visita en la prisión.

No debe haber tenido demasiadas visitas porque me recibió de inmediato, incluso con júbilo.

Se trataba de un hombre de unos sesenta años, alto, bien afeitado, y olía suavemente a colonia. Me saludó como si me conociera de toda la vida y accedió de buena gana a que lo entrevistara. Le expliqué que me había enterado de él por medio de Gabis y que deseaba conocerlo porque me parecía que se había cometido una injusticia en su caso.

—¿Una injusticia? —preguntó el Viagras, visiblemente sorprendido—. ¿A qué se refiere?

—Pues... No estoy seguro, pero puede ser que lo hayan condenado por crímenes que no cometió.

—¡Por supuesto que no! ¿Qué le hace pensar eso? Merezco la condena, tal cual.

—¿Está seguro?

—Por completo. Mire usted, aquí en confianza, el haber tenido la clase de relaciones que tuve con la Gabis fue la peor porquería que he hecho en toda mi vida, lo más soez. Es como un crimen de lesa humanidad y debo estar recluido por ello; si no por la sociedad, por mí mismo. Además, si saliera libre, terminaría yendo a buscarla y realizaría las mismas cochinadas —u otras peores— y, la verdad, ya no quiero. Ya estoy viejo para esas cosas. Mi corazón ya no aguantaría tanto cabrón viagra a estas alturas y además, si me ensartara a la Gabis otra vez, de seguro me quedaba tieso ahí mismo. No se imagina los palotes que me aventé con esa vieja.

El argumento era muy convincente pero, aún así, me parecía exagerada una cadena perpetua y se lo hice saber.

—Mi cadena perpetua es ella. Desde el primer día que la vi. Usted no se imagina cuando llegó a mi oficina el primer día... Yo había sido semi impotente durante varios años, pero el día que la Gabis entró a mi despacho, tuve una erección que ni de joven; hasta me dolió, puede usted creerme. Además, saqué de mi cajón unos viagras de muestra que me habían regalado y me eché uno. Deseaba conservar aquella erección lo más posible; se había convertido en una sensación casi olvidada.

—Es una mujer muy guapa.

—¡Era un culito! La Gabis era una mujer con muy buenas tetas y las mejores nalgas que he visto en mi pinche vida, lo que sea de cada quien.

El Viagras sonrió morbosamente para sí mismo y luego continuó con su historia, con la mirada encendida, como si estuviera de nuevo en el lugar y tiempo de los hechos

—Ya sabe, bien puta. Andaba con un cabrón que parecía sapo, dizque su marido. De cualquier forma, me la empecé a coger al día siguiente de que entró a trabajar conmigo y así seguimos apasionadamente durante tres semanas. Una tarde, la tenía prensada contra la ventana, ya sabe, enganchada, y cuando ya se estaba chorreando empezó a gritar como una loca; luego ya ve cómo se ponen...

El Viagras se perdió unos instantes en sus recuerdos, los ojos le brillaban.

De pronto, volvió en sí y continuó:

—Pero luego ya ve usted cómo es la pinche suerte. En medio del palote, no nos percatamos que el marido había llegado y estaba sentado en la sala de espera, y cuando escuchó los gritos de su mujer, tiró la puerta de mi despacho a patadas y apenas si tuve tiempo para subirme los calzoncillos —y casi me pesco la reata con el cierre de los pinches pantalones, dicho sea de paso—; ya sabe, Gabis tuvo que salvar la honra y me achacó la violación y el intento de homicidio.

—¿Por qué el intento de homicidio?

—Para explicar sus gritotes de puta cuando se estaba viniendo, embarrada en la ventana.

—Pero también lo denunciaron otras mujeres y de eso...

—Eso no me importa, son puras mentiras. Cuando a uno le encuentran una falta, le cuelgan otras diez de paso y así aclaran varios casos a la vez y vuelven expedita la justicia, ya sabe.

—¿Por qué no se defendió?

—¿Cree que no pensé en hacerlo? Tuve una dura batalla conmigo mismo, sobre todo al principio, cuando pasó el pasmo de la sorpresa, pero llegué a la conclusión de que si quería vivir un poco más, debía permanecer alejado de aquella tentación... ¡De aquel pecado!

Casi para terminar esa sesión, el Viagras suspiró profundo y dijo, para sí:

—¡Nadie puede imaginarse —ni en sueños— la profundidad, el abismo de intimidad que alcancé con esa bendita mujer!

V

Le fui tomando aprecio al Viagras y lo visité varias veces. Al hacerme su amigo, compartía la visita también con sus cuates de adentro y jugábamos dominó con algunos. Al poco tiempo, varios de ellos me reconocían y saludaban.

Una tarde jugamos al dominó con un tipo de unos setenta años; le decían "el Profesor", y de inmediato noté que todos se dirigían a él con profundo respeto. El Profesor estaba condenado nada menos que a dieciocho cadenas perpetuas consecutivas.

Mucho se ha discutido al respecto en todos los niveles judiciales, ya que jurídicamente es algo poco probable, pero como el expediente no aparece por ninguna parte, tampoco se puede probar lo contrario, así que no pasa nada. De esta manera, siendo un caso *sui generis,* es factible.

En fin, el Profesor resultó un tiro para el dominó, pero lo hice pasar varias veces, y cuando nos tocó de compañeros hicimos muy buena pareja, así que le caí bien. Después de ese día, le gustaba verme y jugar conmigo. Por eso, cuando el Viagras se suicidó, seguí yendo al reclusorio a jugar dominó con el Profesor.

El Profesor había sido condenado por homicidio múltiple, con agravantes, en el turbulento año del 68. Trabajaba entonces como maestro en una secundaria particular y tenía veinticinco años, esposa, dos hijas y un Volkswagen blanco.

Los cadáveres de dieciocho niños de ambos sexos, entre nueve y dieciséis años, habían sido encontrados a lo largo de tres meses en diversas partes de la ciudad.

En medio de la confusión ocasionada por el movimiento estudiantil, las investigaciones policiacas del fuero común pasaron a segundo término y, como un testigo había podido dar la descripción del presunto responsable, se aferraron a esto en vez de hacer una investigación en forma y, como estaban muy ocupados con los estudiantes —y otros sediciosos—, se guiaron por mera aproximación.

Los judiciales encontraron al Profesor, quien llenaba la descripción exacta hecha por el testigo: entre veinticinco y treinta años, complexión mediana, estatura regular, tez morena y un Volkswagen blanco.

El Profesor era un hombre decente y se aterrorizó de inmediato ante la violencia del interrogatorio, y confesó rápidamente todo lo que le imputaban, pensando que después se podría arreglar el asunto alegando tortura, de acuerdo con la Constitución. No tomó en cuenta que había un estado de excepción y, por tanto, la Constitución —si alguna vez sirvió para algo— en aquellos tiempos se utilizó para darles duro con ella a los opositores del régimen.

—De otra manera me hubieran matado. No se imagina lo que eran los judiciales de ese entonces y, en el 68, peor.

—¿No había testigos?

—En ese entonces, y en particular en aquella temporada, no se usaban los testimonios ni esas delicadezas. Uno firmaba porque firmaba y los jueces dictaban sentencia en bloque. Nadie en el aparato judicial o policiaco tenía tiempo que perder en un tipo que decía que era inocente. Los ánimos estaban muy caldeados, y la magnitud y atrocidad de los crímenes que se me imputaban predisponían a cualquiera en mi contra.

—¿Y no siguieron los asesinatos después de detenerlo a usted?

—No, cesaron por completo.

—¡Qué mala suerte!

—No es suerte. Los asesinos en serie muchas veces dejan de operar, a veces durante décadas, y en este caso, estoy convencido de que se trata de un tipo muy inteligente. Se enteró de que me habían atrapado y decidió suspender la carnicería, o bien cambió de plaza, aprovechando el regalo que le hacía la Justicia.

—Perdón, Profesor. Acaba usted de decir que el asesino *es* un tipo inteligente. ¿Cree que siga vivo?

—*Sé* que está vivo y *sé* que sigue operando. No me pregunte por qué, pero estoy seguro.

—¿Actualmente? ¿En dónde?

—Sin lugar a dudas, en Juárez.

—¿Cree que sea el responsable de los feminicidios?

—Uno, de las decenas de responsables, sí.

—¿O sea?

—Es estúpido pensar que en Juárez hay uno, dos o tres responsables implicados. ¿Líneas de investigación?

A ver qué le parecen: películas *snuff*, pornografía infantil, experimentos en genética, experimentación con medicamentos, redes de trata de blancas. Juárez se ha convertido para el homicida en lo que Las Vegas es para el jugador. Si yo quisiera disponer de un cadáver femenino rápidamente, sólo tengo que llevarlo a Juárez y tirarlo allí, siguiendo más o menos la técnica *operandi* imperante —que es muy sencilla— o, ¿por qué no?, me llevo a mi mujer —quien ya me tiene hasta la madre— a una segunda luna de miel en Ciudad Juárez y ahí muere.

—No se me había ocurrido.

—Por eso ahora es prácticamente imposible llevar a cabo una verdadera investigación seria.

—¿Y por qué está tan seguro de que el asesino actúa allí?

—Déjeme exponérselo como yo lo veo: aquello que el ser humano califica como ironía es algo común en la vida, y en verdad no tiene nada de irónico. Una vez, por ejemplo, nos estuvieron pasando aquí unos documentales de animales y pasaron uno de pájaros. Lo que más se me quedó grabado fue que hay un pájaro que espera a que otro que ya ha anidado abandone el nido para alimentarse, y llega y pone su huevo allí, junto a los otros del pájaro ausente. Una vez depositado el huevo, se marcha para siempre. La especie del intruso es más grande, así que crece más rápido que los polluelos originales, acapara toda la comida y luego los va tirando del nido. Finalmente, los padres emprenden el vuelo, habiendo cumplido su misión, dejando bien criado al polluelo ¡de otro!

"¿Cuál ironía? Cuesta creerlo, pero la naturaleza es así. Lo que llamamos irónico es lo natural.

Piénselo bien y verá que las ironías en la vida son la regla, no la excepción.

"Y, para contestar directamente a su pregunta, pienso que el asesino está en Juárez, o viaja allí frecuentemente, por la sencilla razón de que, al haber enfrentado sus responsabilidades y purgado sus pecados, al haber pensado en él tantas y tantas veces y haber repasado una y otra vez su *modus operandi*, *pienso* como él. *Sé* cómo actúa.

"De alguna manera, *soy él.*"

Uno muchas veces se coloca en los zapatos de otro, pero la cuestión no deja de ser muy superficial. Sólo los zapatos, sin tomar en cuenta *todo* lo demás: la genética, el entorno, la educación, las circunstancias. Pero solemos intentar ponernos en las circunstancias del prójimo y yo, al pensar que me hubieran hecho lo que al Profesor, me habría muerto de rabia e indignación.

—Eso sucede al principio. ¿Se imagina lo que sentía al pensar que no iba a ver crecer a mis hijas? Pero va pasando. En serio, como dicen, a todo se acostumbra uno.

El Profesor había corrido con suerte en los penales donde había estado, porque rápidamente se corría la voz de que era maestro; sabía leer, escribir y sacar cuentas, y esto siempre es muy útil en una prisión —en cualquier parte del mundo—, pues el índice de analfabetismo en las cárceles es muy alto. Aparte, el Profesor daba clases, enseñaba a leer, a escribir y a llevar cuentas, y siempre la llevaba bien con todos. Aquellos que ya no podían o no querían aprender, se valían del Profesor para que les leyera los periódicos o les llevara sus cuentas.

El día del maestro, año con año, recibía regalos de sus alumnos y le hacían un pequeño convite. El Profesor no tenía más que amigos.

Y fue precisamente el Profesor quien me aclaró el suicidio del Viagras:

—Bueno, pues sí, suicidio sí fue, no me cabe la menor duda. El Viagras sabía muy bien que las porquerías ésas que tomaba para que se le parara el chile afectan al corazón y, pues dicen que se chingó dos o tres, y luego se acostó y se puso a jalársela como descosido.

El Profesor miró un momento al frente, sin ver nada, y unos instantes después continuó:

—A la mañana siguiente no salió de la celda y fueron a buscarlo. Lo encontraron bien tieso, con la riata en la mano. Yo vi el cadáver antes que se lo llevaran. Estaba feliz. Nunca me imaginé que un muerto se pudiera ver así de contento.

—¡Vaya!

—Encontramos la foto de esta vieja encuerada, pegada en la base de la litera de arriba del Viagras. Esto debe de haber estado mirando cuando se peló al otro mundo.

El Profesor me extendió una fotografía tamaño carta, en blanco y negro.

Después de observarla unos instantes, caí en la cuenta de que se trataba de Gabis años atrás, desnuda sobre una cama, levantando las piernas y abriéndolas con absoluta lujuria.

La foto tenía una leyenda escrita a mano en la parte de atrás:

Perdóname, mi cielo.
Así es el verdadero amor de traicionero.

VI

Un día que salía del reclusorio, me encontré con el licenciado Meléndez, quien años atrás nos había llevado un asuntillo en la funeraria.

Nos debía dinero y siempre se negaba, pero aquel día, al verlo, se acercó a mí, casi corriendo:

—¡Qué bueno que te encuentro, manito!

—Hola Meléndez, ¿qué cuentas?

—No sabes cómo te he andado buscando para liquidar el adeudo que tenemos pendiente.

—No me digas.

—En serio. ¿Y qué te trae al reclusorio? Si tienes algún problema, sólo dímelo y ahorita mismo lo arreglamos. El director es mi súper cuate.

—No, gracias. De hecho, vengo nada más a matar el tiempo.

—¿Al reclusorio? ¡Órale!

Meléndez me invitó a comer y no pude negarme. Es un tipo extraordinariamente simpático y me hizo reír mucho, lo cual me hacía falta.

También me hizo pagar la cuenta, porque le rechazaron tres tarjetas de crédito al hilo.

—Se les ha de haber caído el sistema —aseguró, tranquilo.

Pero lo interesante fue lo que me platicó sobre Nico, un compañero suyo de la escuela, a quien yo ni siquiera conocía.

—¿No te enteraste?

—No.

—Sí sabías que andaba metido en el negocio de los burdeles, ¿verdad?

—No.

—Pues sí. Empezó con esas mamadas de los spa y salas dizque para masajes. Okei, te pueden dar masajes, pero también te la maman o te hacen una chaqueta por una lana.

—¿En serio?

—Pues sí. Y le estaba yendo de poca madre, pero entonces se le ocurrió abrir un burdelote en Las Lomas, pero ya ves cómo son de culeros los pinches vecinos y que se lo clausuran, y por poco hasta aterriza en el bote, pero se vio pistola y la libró. Se fue a Cancún y ¿sabes qué negocio abrió este jijo de su chingada madre?

—No, ¿cuál?

—Pues que compra un barco, y ¿no va poniendo un burdel flotante?

—No, pues sí está cabrón tu cuate.

—No, hombre, espérate. No te imaginas lo que le pasó al güey.

—¿Se lo clausuraron?

—No, ni madres. Que se le hunde el pinche barco y que se le van ahogando tres pinches turistas coreanos.

—¡Puta madre!

—Y ya te imaginarás: el cabrón barco atascado de putas menores de edad, drogas, contrabando y sepa la chingada cuánta cosa más.

—No, pues está cabrón.

—Sí, le quieren echar veinte años, pero nos la van a pelar.

—¿Por?

—Aquí es donde interviene la sabiduría del abogado. A Nico lo están acusando de posesión y contrabando de drogas y de fomentar la cabrona putería, así que lo voy a declarar loco.

—¿Se puede?

—Con lana, todo se puede.

—Hombre, ¡qué bien!

—Pues sí, pero no tenemos lana y es aquí donde resulta necesaria tu intervención.

Sentí un malestar instintivo en la boca del estómago. Una especie de llamada de alerta.

—No te entiendo.

—Si quieres vámonos yendo y afuera te explico.

Caminamos un rato en silencio. Meléndez, con el saco en los hombros y un palillo entre los dientes, escupiendo excedentes del pollo que se había comido gratis, y yo a su lado, fumando un cigarrillo.

—Bueno, compadre, pues se trata de lo siguiente; voy a ir al grano: el Nico tiene pendiente una entrega de droga por estos días y con eso podemos comprar a todos los jueces del mundo y sus alrededores.

—¿Y?

—Y al verte me acordé que ustedes importan sus ataúdes de China, ¿no?

—Sí.

—Pues la mercancía del Nico viene de allá, mi hermano.

Estuve a punto de preguntarle si se trataba de una broma, como sucede en las películas, pero conocía a

Meléndez y nunca lo había visto más serio que en ese momento. Arrojó el palillo y agregó, tomándome suavemente del brazo, mientras seguíamos caminando:

—Yo sé que eres un cuate decente; te conozco, maestro. No creas que te iba a meter en una bronca. Sólo quiero que lo pienses. No es difícil y te llevas una lana. Además, te garantizo que no te vamos a embarrar en nada. Es más, tú ni te enteras. Nosotros hacemos todo.

Por supuesto que mi primer impulso fue decir que no. Sin embargo, seguí caminando, sin decir nada. En el fondo algo me decía que aceptara.

—¿Sólo una vez?

—Sí, hermano. No somos mafiosos. Es un caso de vida o muerte. Nico no aguanta, ya no digas veinte años, veinte días en el chiquero. No sabes cómo es de reventado este cabrón.

—¿Y nadie va a saber que yo participo?

—¿Cuántos ataúdes importas al mes?

—La distribuidora importa unos trescientos mensuales.

—Bueno, pues esto llevaría un par de ataúdes. Es prácticamente imposible que descubran algo. Tú nomás me dices quién es tu agente aduanal en China y yo me encargo de todo lo demás.

—¿Así de sencillo?

—Así de sencillo.

—¿Estás seguro que no me voy a meter en problemas?

—Ya te dije que no, compadre. Tú nos das el nombre del agente, investigamos dónde tienen las bodegas, metemos el producto en dos ataúdes —de preferencia en el fondo de un contenedor— y asunto arreglado. Aquí pasan la mercancía sin ver, sobre todo los estuches; ya ves que la gente es bien supersticiosa. Tu empresa tiene prestigio y ya ni han de revisarlos.

—¿Y si pasara algo?

—Ese no es tu problema, porque no vas a estar enterado de nada.

—Déjame pensarlo.

—Perdóname que te insista, maestro, pero también déjame decirte que si no saco del tambo al Nico, mi prestigio se va a la verga y ya no estoy como para andar desempleado. Échame una mano, compadre. No te vas a arrepentir.

Entonces, algo dentro de mí contestó por mi conducto.

—Está bien.

Incluso Meléndez quedó muy sorprendido por mi rápida respuesta, pero no más sorprendido que yo mismo.

No me costaba mucho trabajo analizar el porqué de mi respuesta. Cuando uno está fregado de dinero, lo más importante es eso. Pero a medida que se van consiguiendo los satisfactores básicos, comienza el siguiente ciclo y así sucesivamente. Siempre tenemos una necesidad aguardándonos.

Como ya no tenía ninguna necesidad de asistir a la funeraria, cada día me importaba menos, porque ese era solamente el *sueño cumplido*. Todo lo demás, todo lo que lleva conseguirlo desde el inicio, desde el bosquejo, las inquietudes, los temores, las emociones, todo eso había desaparecido.

Muchas veces, mientras vagaba por la colonia Roma, pensaba en el dicho aquel de "ten cuidado con lo que deseas, puede hacerse realidad".

Muchas veces ese era el caso: conseguido el sueño, ya no había nada por qué luchar. El negocio marchaba sólo y yo tenía comisiones en todo: la distribuidora de ataúdes, la cafetería, las florerías, el estanquillo. Era un hombre rico. En el camino para lograr el sueño no había habido tiempo para tener una familia. Nunca me había casado y no tenía hijos. Tenía, ahora sí, todo el tiempo para mí. Pero, ¿para qué era el tiempo? ¿Para vivir sin emociones? ¿Viendo la tele? ¿Solo?

En mi caso, por medio del trabajo, desde niño me fui atrofiando el resto de la vida. Mientras más me especializaba en lo mío, más me inutilizaba en todo lo demás.

Una vez alcanzada la meta de tener tiempo libre, muchas veces ya no se tiene la capacidad de saber qué hacer con él.

Estos detalles y otros intervinieron —sin duda— en mi decisión de ayudar a la causa de Meléndez.

VII

Como sucede con todo, una semana después del arreglo con Meléndez se me fue quitando poco a poco la emoción, y después de otra semana ya hasta pensaba que me había tomado el pelo. Sin embargo, poco después me llamó y nos entrevistamos en un restaurante del centro.

—El martes llega el producto. Ya hablé con el Nico sobre tu comisión.

En realidad el dinero no me interesaba gran cosa. Lo había hecho por matar la monotonía burguesa.

—Hecho.

—Te va a ir muy bien. No te vas a arrepentir de haber ayudado a un hermano. Ya lo verás.

Unos días después, mientras caminaba por la colonia Roma, se bajaron dos tipos de un automóvil y se me acercaron, amenazantes.

—Acompáñanos y no la hagas de pedo.

Los acompañé y no la hice de pedo.

Aunque hubiera querido, no hubiera podido. La escena me parecía alucinante; la enfocaba como algo absolutamente irreal, con otros colores, con otros tonos, en otra dimensión.

Cuando me quise dar cuenta, me encontraba en la parte posterior de un automóvil de lujo y lo primero que se me ocurrió comprobar fue si no me había meado. No. Afortunadamente los pantalones estaban secos y los dos tipos que me habían secuestrado, a mis lados, miraban distraídamente por las ventanillas, sin prestarme la menor atención.

El acto en sí no había sido violento, pero sí me encontraba secuestrado y la sensación que tenía no es fácil de describir; podría decir que sentía cierta euforia, estaba muy nervioso de todo el cuerpo. No tenía miedo, o peor aún, era un miedo nuevo, un miedo diferente, tal vez por eso no me espantaba, pero tampoco tenía mucho control de esfínteres y me imaginaba que la propia ausencia de violencia indicaba que algo andaba muy mal. Si me hubieran golpeado o maniatado —o ambos— se trataría de un secuestro institucional, común y corriente; pero de esta manera, sencillamente no sabía qué pensar y, tal vez por la misma razón, mi cuerpo no sabía qué miedos sentir.

Por otro lado, la apariencia de los dos secuestradores y del conductor del automóvil tampoco prometía nada bueno. En ningún momento habían mostrado armas de fuego, lo que indicaba que eran en verdad cabrones y no necesitaban andar apantallando a nadie.

En esas estaba cuando nos metimos por el rumbo de San Ángel, y en un barrio muy lujoso, el automóvil se introdujo en una mansión a través de unas puertas automáticas de madera. En cuanto el coche paró, las puertas de madera se cerraron y el guarro a mi derecha salió del auto y ordenó:

—Bájate.

Me bajé.

—Sígueme.

Lo seguí.

Entramos a una sala ricamente amueblada.

—Siéntate.

Me senté.

En eso, se abrió una puerta lateral y entró un hombre de unos treinta y cinco años, tranquilo, elegante.

Quise levantarme, siguiendo el impulso de mi educación al ver entrar a alguien, pero el tipo que me custodiaba lo impidió, poniéndome una de sus pesadas garras en el hombro.

El recién llegado me analizó durante unos cuantos segundos y le hizo una seña al chango para que se retirara, mientras decía, con voz modulada:

—Gracias, Malaque. Espéranos afuera, por favor.

—Cómo no, patrón.

Nomás salió Malaque, el hombre habló muy decentemente.

—Espero que lo hayan tratado bien.

—Muy bien, gracias.

—Lo hice venir porque tengo un problema de contabilidad y tal vez usted pueda ayudarme a resolverlo.

—Si puedo, encantado.

—Mi problema es que hace más de una semana que estoy esperando unos ataúdes con una mercancía muy especial para mí. Esta mercancía salió de China, dentro de unos estuches para muerto cuyo destinatario es una distribuidora en la que usted es socio. Sin embargo, resulta que los ataúdes que estoy buscando, precisamente, no están en el embarque.

El hombre joven y elegante se puso las manos bajo la barbilla y continuó:

—Los números son una simbología de la lógica, ¿lo sabía?

—No.

—Por ejemplo, aquí faltan dos estuches para muerto. No hay una lógica real para resolver la operación, pues se trata de un problema que no podemos poner en números, porque tenemos varias incógnitas y, sobre todo, a un hijo de puta muy transa involucrado.

Asentí ligeramente, sin decir nada, como si le entendiera.

—Tal vez sea una coincidencia, pero nuestro amigo Nico salió de la cárcel bajo fianza anteayer y se nos desapareció. El abogado ese, el simpático...

—Meléndez.

—Ese también se peló, así que nuestra única conexión con el asunto de los ataúdes es usted. Por eso la lógica me llevó a invitarlo a venir.

—Yo sé muy poco del asunto.

—No importa. Platíquemelo todo.

El hombre me pareció muy comprensivo. Me dio confianza, coñac y un cigarrillo, y me dejó hablar. Al terminar, después de unos segundos, dijo:

—¿Eso es todo?

—Sí.

—Muy bien. Fíjese usted, ¡qué canallada! El Nico consiguió el medio de transporte y ¡se chingó la mercancía! Y de paso a mí, a mis socios, a su abogado y, por inercia, a usted... Pero bueno, hay que aprender a no juzgar, y sobre todo a perdonar... Aunque este jijo de la verga del Nico... ¡De veras que no tiene madre!

El joven narco parecía que empezaba a molestarse, pero se controló muy bien y, pasados unos segundos, me habló como si nos conociéramos de mucho tiempo.

—En cuanto a usted, le sugiero que no se ande metiendo en estas pendejadas. Esta vez le tocó un narco decente, pero uno nunca sabe. Yo mismo, hace unos años, lo hubiera torturado, aunque hubiera sido nada más por el puro gusto, y le habría metido unas cachetadas para quitarle la cara de pendejo —aunque fuera un poco— y, sin duda, también les hubiera sugerido a Malaque y a Castor que se relajaran golpeándolo. Sin embargo, las cosas cambian. ¿Ha leído a Darwin?

—No.

—Bueno, tampoco hay que aprendérselo de memoria para saber entender el mensaje que nos estaba dando: renovarse o morir. Por eso decidí cambiar mi perspectiva ante la vida. No se imagina cómo vivía yo antes, amargado e insatisfecho, como un cabrón loco. Me emputaba por todo y con todos. Por menos de nada plomeaba a cualquier hijo de su chingada madre. Nunca lograba estar en paz, ni un momento. Ni cagando, para ser claros. En ninguna parte... En otras palabras, no había chile que me ajustara.

Hizo una pausa y me miró fijamente, mientras continuaba hablando:

—Pero uno no vino al mundo a sufrir. ¡Desde luego que no! Esa no es la voluntad divina, sino la del ego. Uno no se puede pasar la vida sufriendo. No sabe cómo me ha liberado el aprender que el pecado no existe. En mi caso, es como si me hubiera quitado de encima tres aviones Hércules cargados a tope. ¿Conoce *Un curso de milagros*?

—No.

—Se lo recomiendo. A mí me ha evitado muchos sufrimientos, y de paso, a mucha gente a mi alrededor. No tiene usted la menor idea de cómo sufría la gente conmigo cuando era un cabrón neurótico. Un enfermo emocional. Cuando comprendí este término, "enfermo emocional", mi vida cambió. Mi perspectiva cambió. Empecé a ver la vida en forma diferente. Distinguí de inmediato que la neurosis era solamente el síntoma, mientras que la verdadera enfermedad se encontraba más adentro. En el espíritu.

El joven narco se paseó en silencio por la sala, con las manos a la espalda, pensativo. De pronto, se paró justo detrás de mí y puso sus manos en mis hombros, cálidamente, plenas de afecto.

—¿Conoce el budismo?

—Casi nada.

—Bueno, pues Buda nos muestra otra manera de ver las cosas y nos dice que el odio, los rencores y todas esas mierdas hacen daño y hay que mandarlas a chingar a su madre.

Me dio una palmadita en el hombro y volvió a pasearse con las manos en la espalda.

—No se imagina lo difícil que resulta intentar ser budista en esta profesión. Además, me encanta la carne... Y las viejas... Y la coca... En fin... Un día a la vez. Sólo por hoy.

Yo nada más lo miraba con la debida atención y respeto, sin intentar entender lo que decía.

—¿Cree en la reencarnación?

—No.

—Ni yo tampoco. Pero sí en el karma. Por eso no pienso chingarlo. Veo por su mirada que me ha dicho la verdad y la verdad siempre trae consigo la paz de quien la profesa. Así que puede irse en paz.

—Muchas gracias.

—¡Ah! Y algo más.

—¿Sí?

—¿Venden ustedes paquetes?

—¿Perdón?

—Que si venden paquetes en la funeraria.

—Sí, señor.

—Es que una tía mía ya se anda pandeando y no quiero esos problemas a última hora. Usted sabe.

—Por supuesto. ¿Cuál es el nombre de su tía?

—Eleuteria del Refugio.

—Muy bien. ¿Me puede dar todos sus datos?

El narco decente me proporcionó los generales de su tía, escritos de puño y letra, en su tarjeta personal.

—A'i se la encargo. No escatime en gastos.

—Con mucho gusto.

Nos dimos la mano y después gritó:

—¡Malaque!

El guarura apareció.

—Lleva al señor a donde lo encontraron o a su casa, a donde él quiera, y trátenlo muy bien. Es como nosotros: un ser de luz.

—Sí, patrón.

De regreso, ya más relajados, Castor, el compañero de Malaque, me dijo tímidamente:

—Disculpe, ¿no le interesaría comprar un rosario de palo de rosa? Los vende mi señora, creo que son españoles o algo así.

Le compré dos y a Malaque un paquete de galletas que sus hijas hacían en la escuela.

Me llevaron a la puerta de mi casa, a donde había pedido ir. Me abrieron la puerta y ambos se despidieron de mano, poniéndose a mi servicio.

VIII

Cerré la puerta, dejé las galletas y los rosarios sobre la mesa y me dirigí directamente a servirme un vaso de whisky, para ayudar a bajar un poco la presión. Me di un buen trago y luego otro. Cuando empecé a sentir que los oídos ya no me zumbaban, llamé a la funeraria y arreglé lo pertinente al paquete de la tía del Narco Decente y a continuación lo llamé para informarle que todo estaba listo.

—Le agradezco mucho sus atenciones. En cuanto llegue Malaque le mando dinero.

—De ninguna manera. Permítame que sea una cortesía de la funeraria para usted y su tía.

—No cabe duda de que cuando uno cambia, el mundo cambia. El que da, automáticamente recibe.

No supe qué decir y esperé a que cerrara la conversación.

—Amor con amor se paga. Tiene mi tarjeta. Si algún día llega a ofrecérsele algo, *cualquier cosa,* no dude en llamarme.

—Lo tendré presente y gracias por todo.

—Gracias a usted y que dios lo bendiga.

Apenas al colgar, sonó el timbre de la puerta y al abrir me encontré con una mujer de poco más de veinte años, alta, con cabello largo y ondulado, negro, muy guapa, con ojos color miel y nariz recta, y con los labios más gruesos y sensuales que he visto en mi vida. Cuando vi su mirada, mi primer impulso fue tomarla en mis brazos y besarla, como si la conociera de toda la vida.

—¿Sí?

—Buenas tardes. Le traigo un recado del licenciado Meléndez. Soy su sobrina.

Su voz era ligeramente ronca y muy agradable.

—Pase, por favor.

La dejé entrar y al pasar le observé bien las nalgas y las estupendas piernas, literalmente embutidas en unos vaqueros. Se veían perfectas. Por primera vez en la vida me vi tentado a tocar unas nalgas que no conocía y hube de realizar un enorme esfuerzo para contenerme.

—Tome asiento, por favor.

Se sentó y cruzó la pierna. Sus muslos eran imposibles. Estaba buenísima, ni más ni menos, y a medida que transcurría el tiempo, se veía cada vez más guapa y radiante. Su perfume quedó flotando en el aire y muy pronto fue el único aroma que mi olfato deseaba reconocer.

—Iba a tomarme un trago. ¿Le puedo ofrecer uno?

—Sí, gracias.

Quería un vodka con agua mineral. Se lo preparé bien cargado, para que hiciera juego con el trancazo de whisky que había servido para mí mismo.

Le dio un sorbo a la bebida y a continuación un buen trago que dejó el vaso a la mitad. Luego empezó a hablar:

—Gracias. Bueno, me llamo Marcaida y mi tío, el licenciado Meléndez, me pidió que viniera a verlo. Tuvo un pequeño problema y se vio en la necesidad de huir de la ciudad y no tiene dinero.

Por si fuera poco, la mujer era simpática y muy agradable. No se le podía poner pero en nada. Era más que perfecta. El término "perfecto" incluye una cierta frialdad, como una especie de revancha de la imperfección humana ante el logro exclusivo de la naturaleza. Marcaida era mucho más que perfecta.

Tal vez en condiciones normales le habría hecho llegar alguna cantidad de dinero a Meléndez. Después de todo, se lo habían ensartado y lo necesitaba. No obstante, ante tal embajadora, mi corazón se abrió de par en par y sentí una caridad que no me imaginé que existiera.

—¡Cómo no! ¿Cuánto necesita?

—Dijo que lo que sea está bien, lo más que pueda, y también me pidió que le dijera que no le podía decir dónde está, ni cómo le voy a hacer llegar el dinero; dice que de esta manera, si usted no sabe nada, no corre peligro.

—¿Usted sabe qué sucedió?

—Sí.

—Platíqueme.

—Pues resulta que la droga no era del Nico, solamente le habían encargado el transporte y mi tío le solucionó el problema por medio de usted. El Nico aprovechó y se robó el cargamento. Tenía las fechas y números del embarque. Él había ingeniado el transporte, así que se adelantó un poco y se quedó con la mercancía.

—Pero… ¡estaba en la cárcel!

—Con sus contactos realizó toda la operación y debe de haber conseguido mucho dinero por la mercancía. La cosa es que se peló y dejó colgado a Meléndez, responsable de toda la situación.

—¿Qué mercancía era?

—Opio preparado, para fumar.

—Creo que es la primera vez que me entero de un contrabando de opio.

—Es lo de hoy. Mucho más que la coca o la heroína.

—Puedo conseguirle algo de dinero. ¿Por qué no me acompaña a un cajero automático?

Nos terminamos de un trago lo que quedaba en los vasos y le tendí la mano para ayudarla a ponerse de pie. Fue hasta entonces que noté la turgencia de sus hermosas tetas y el volumen descomunal de sus pezones.

Fuimos a un cajero automático y luego la invité a comer. Después pasamos a un cajero más y luego fuimos a mi casa.

Nos tomamos otros dos o tres tragos y Marcaida finalmente se puso de pie para marcharse. Le entregué el dinero, y al descubrir los rosarios y las galletas también se los di.

—Toma: un rosario para ti y otro para tu tío, y por favor hazle llegar estas galletas.

—Muchas gracias.

—Lo que se te ofrezca, por favor, no dudes en venir.

—Gracias. Bye.

Aquella noche comenzó en mi vida una larga y nutrida cadena de puñetas. No pensé que a mi edad pudiera tener tantas erecciones, tan potentes, tan seguidas, pero es que tan sólo cerrar los ojos veía a Marcaida y me excitaba como un maniático.

Sentía como si aquella mujer me hubiera embarrado algo, un hongo, una pócima, no sé. Algo muy potente porque yo pensaba que ya el amor y esas tonterías habían pasado por mi vida y me encontraba lejos de todo aquello. Pero no; Marcaida despertó en mí una especie de segunda vuelta sexual. A veces me masturbaba hasta tres veces al día, siempre pensando en ella, saboreando su perfume en mi memoria, reviviendo en mi mente su mirada, sus piernas, sus nalgas, sus increíbles pezones.

La intensidad de mis juegos sexuales al pensar en ella me llevaba a verdaderos ataques de placer que jamás había sentido antes, y no fueron pocas las veces que imaginé que podía terminar como el Viagras, pero no me importaba. En absoluto.

La adoraba.

Una tarde estaba sentado en la sala, con el televisor encendido pero sin ver otra cosa que a Marcaida en todas partes, cuando sonó el timbre.

Abrí la puerta y era nada menos que Meléndez.

No esperó que lo invitara a pasar y entró, cerrando la puerta rápidamente tras él.

—Perdóname que te caiga así, manito, pero ya sabes que ando de incógnito.

—Sí, lo sé, sírvete un trago.

No se lo dije dos veces. Se sirvió un par de tragos y se los bebió al hilo, y luego un tercero que llevó consigo hasta el sillón donde se acomodó sabrosamente.

—No te imaginas cómo te agradezco que me hayas alivianado con la lana, y gracias por el rosario y las galletas. Cuando uno se encuentra exiliado, solo, con hambre y frío, es cuando descubre a sus buenos amigos. Muchas gracias.

—¿Dónde andabas?

—¿Conoces la colonia Lorenzo Boturini?

—He oído hablar de ella.

—Allí estaba, en el lugar más incógnito del planeta.

—¿Qué sabes del Nico?

—Que es un hijo de su reputa y asquerosa madre.

Le platiqué —mientras él bebía— mi experiencia con el Narco Decente y le dije que podía intervenir por él.

—No sabes lo que dices, ese cabrón ha estado ahorrando karmas para partirnos la madre a mí y al Nico. No, mejor quédate como estás, ya bastante has hecho por mí.

No insistí y cambié el tema, sacando a relucir mi obsesión.

—Por cierto, no sabía que tuvieras una sobrina tan guapa.

—Está guapísima, ¿verdad? Y es súper simpática.

—Ya lo creo.

—Pero no es mi sobrina.

—Ella dijo que...

—Sí, yo le dije que te dijera y le aconsejé que viniera a verte en persona, en vez de hablarte por teléfono. El impacto que logra esa chamaca es muy cabrón, ¿a poco no?

—Pues lo lograste, me impactaste a madres, y felicidades, ¡qué buena suerte tienes!

—No es suerte. Soy clientazo del teibol donde trabaja.

—¿Es teibolera?

—Sí, y es divina. Puedes verla la noche que quieras. Baila en Culebro's.

Quise salir a verla en ese momento. La posibilidad de poder admirar a Marcaida desnuda me llevaba más allá de cualquiera de mis fantasías. Sin embargo, disimulé.

—¿Y qué piensas hacer ahora?

—No sé. Si me apaña la mafia, me acaba. Por otro lado, tengo gastos, tú sabes, y no puedo vivir escondido. Necesito volver a litigar.

—Bueno. Por el momento quédate aquí conmigo. Vas a estar bien. Ya luego vemos cómo resolvemos el problema.

Era viernes. Empedé fácilmente a Meléndez, lo instalé en el sofá de la sala, le puse encima un buen edredón, llamé un taxi y salí casi corriendo al Culebro's.

En el camino pensaba que hacía mucho, muchísimo tiempo, desde la última vez que me había sentido tan emocionado.

XIX

Había estado muchas veces en distintos teibols. Desde que la moda empezó a llegar a México, me aficioné en serio; sin embargo, dejé de hacerlo porque me estaba volviendo muy borracho y las crudas eran espantosas, en verdad temibles. Las mujeres jóvenes y hermosas son una potente droga y, seguramente, la peor de todas, porque no está clasificada, legalizada, ni debidamente estudiada.

El Culebro's era muy parecido a los otros: baile de tubo, baile de mesa, baile de escenario.

La parálisis económica que no veían el señor presidente de la república y su fabuloso equipo de economistas —empleados de confianza del FMI— se notaba en serio en lugares como aquellos, antes llenos a reventar y ahora semivacíos, pero el Culebro's tenía bastante clientela. Conseguí una buena mesa por medio de una propina al capitán y me dediqué a buscar a Marcaida con la mirada. Habría por lo menos unas quince chicas bailando a las mesas, dos en el tubo y una en el escenario, pero ninguna era Marcaida. No quise cometer la indiscreción de preguntarle a la mesera y mejor me concreté a esperar.

Nunca he presenciado espectáculo más deprimente que en un teibol. Es como un lugar de juegos infantiles para niños grandes; por tanto, calientes. Una vez allí, deseamos imaginarnos que la sonrisa de la dama es sincera; el guiño, real; los movimientos más cachondos que sensuales, verdaderos, provocados por la propia presencia masculina en el lugar. Puras fantasías, a cambio de no tan módicas cantidades de dinero. Los clientes de los teibols seguramente pertenecemos a uno de los capítulos más patéticos que conforman el amplio catálogo social humano.

Las caras de los parroquianos lo dicen todo. Pongo mi atención, por ejemplo, en un hombre de unos cincuenta y cinco años, delgado, narigón, canoso; parece un pájaro. Un pájaro viejo y feo. Una caricatura. Frente a él, una mujer de no más de veinte años contonea un cuerpo capaz de perder a un santo. El pájaro la mira con una mezcla de amor y deseo. ¡Pobre hombre! Aparte de gastarse la quincena en este antro, al llegar a su casa y enfrentarse con su esposa —una gallina, seguro—, va a saber lo que es la realidad en serio.

Aquel otro, gordo, calvo, de gruesos anteojos. Enrojecido por la bebida y el calor que producen tantas tetas. Seguramente el más tímido de la oficina, ahora el *Playboy* de bolsillo de viernes en la noche, divirtiéndose en grande, sin darse cuenta de que en vez de simpático, es el hazmerreír del grupillo.

Por otro lado, tres jóvenes, seguramente oficinistas o cajeros de banco, con aire prepotente y los puños gastados, con trajecitos que dan pena y que más bien los tapan, antes que vestirlos. Se pelean la atención de una rubia que podría desayunar niños

como esos todos los días y cagarlos antes del mediodía. La inundan con un mar de tarjetas de presenta-
ción, pero no traen efectivo para un baile. Luego así
pasa con los aprendices de brujo —o de banquero.

Uno con tipo de burócrata pasa al baño y regresa
refrescado, bien peinado, pero no puede lavarse la
cara de imbécil que le acentúa la gran cantidad de
alcohol que ha ingerido —a crédito, desde luego.

Otro, gordo, canoso, solo, con el cuello de la
camisa abierto, fumando con gran ansiedad, mientras
una jovencita de cabello corto le baila desnuda una
pieza tras otra. ¡Pobre cabrón! Comiéndose los tacos
de ojo más caros de su vida. Mañana, cuando se dé
cuenta de que se gastó la lana de la empresa mirando
chichis y nalgas, le van a entrar ganas de darse un
balazo y de vomitar también.

En fin, todo un cuadro. Me congratulé de haber
dejado de ser parte del espectáculo.

Varias chicas se acercaron a la mesa, pero me
concreté a obsequiarles sonrisas. Ellas formaban parte
de otra colección de la enciclopedia social humana del
tercer milenio. Hijas de una sociedad enferma y, por
tanto, terriblemente egoísta, un cuerpo bonito les
garantiza unos cuantos años —muy pocos— de plei-
tesía y deseo. No de bienestar, porque siempre tienen
que estar agradando a algún imbécil, pero por lo
menos no tienen que pedir limosna. Con "pedir
limosna" me refiero a la práctica tal como la conocemos y a la que ha impuesto la política neoliberal, o
sea, incluyo el tener que pedir trabajo en el México
de hoy. Pagan una miseria y exigen como si estuvié-
ramos en el primer mundo. En una sociedad más o
menos sana, todas estas mujeres deberían estar en una

universidad y no enseñándole el culo a una bola de desdichados.

En eso, anunciaron:

"Y ahora... La Estrella del Pacífico, la triunfadora de la costa chica, la única, la famosa... ¡Maaaaaaaaaaaaarcaida!"

Me descubrí aplaudiendo con gran entusiasmo, en correspondencia a tan grandioso anuncio, pero era el único. Marcaida empezó a bailar y yo a alucinar.

Solamente había bebido un whisky en el Culebro´s, pero me sentía intoxicado. Muy agradablemente drogado. Mientras Marcaida movía y hacía vibrar el éter con su cuerpo, yo la imaginaba como una bailarina egipcia, frente a un faraón loco por ella.

Cada paso, cadencia, cada forma de estremecerse y estremecerlo todo, me llevaba a lugares remotos, pletóricos de belleza y placer. En un momento determinado, me imaginé en el cielo, en pleno Paraíso Terrenal. Allí, dentro del Culebro´s, rodeado de miserias humanas, de humos, de vicios, de almas enfermas, en medio de aquel pantano social, no podía creer que mi diosa fuera tan bella. Ridículamente, comencé a sentir celos de que otros hombres la estuvieran mirando desnuda.

Al terminar el baile desapareció al fondo del escenario, pero apareció en el bar un minuto después, con un bikini y tacones. Pasó junto a varias mesas, ofreciéndose, pero nadie la alquiló y por fin llegó frente a mí. Tardó unos segundos en reconocerme, puso las manos en sus estupendas caderas, sonrió ampliamente y luego me abrazó, dándome a continuación un beso en la mejilla.

Tomó asiento sin que se lo pidiera.

—¿Quieres tomar algo?

—No, nada, gracias. ¡Qué milagro! No me imaginé que eras el tipo de hombre que viene a los teibol.

—Lo que pasa es que vine a decirte que ya regresó Meléndez —mentí, convincente—. Está en mi casa, por si quieres visitarlo.

—Ya sabía. Me llamó antes de ir para allá.

Me encontraba muy nervioso. Parecía un adolescente fuera de lugar, descontrolado y muy caliente.

Mientras tanto, ella sonreía sinceramente. Se notaba contenta de verme. Esta vez, en su medio, con sus armas.

—¡Qué bueno que vinistes! ¿Quieres que te baile?

—La verdad, no. No quiero salir de aquí en camisa de fuerza.

Sonrió de nuevo y me puso la mano en la rodilla, en un gesto que quise sentir familiar y sensual.

Y de pronto, aun sabiendo que me vería como un rabo verde ridículo y ruin, me atreví a decirle:

—¿Puedo invitarte a comer algún día?

—Claro que sí. Los lunes los tengo libres. Si quieres el lunes...

—Perfecto.

—Vivo en un hotel aquí a la vuelta, el "Troyita", habitación veintiséis.

—¿Te parece dos y media?

—Mejor a las cinco, porque los domingos termino hasta muy tarde y no me gusta levantarme temprano los lunes.

—Muy bien, a las cinco entonces.

Cuando llegué a mi casa, Meléndez roncaba en el sofá. Me fui a mi cuarto y me masturbé inmisericordemente, reviviendo el baile cadencioso de Marcaida en el escenario, completamente desnuda.

X

Llegué puntual al Troyita y, pensando que Marcaida bajaría a encontrarse conmigo, me senté en la pequeña recepción, pero a las cinco y diez se me ocurrió acercarme al mostrador y pedir con la habitación veintiséis.

—La señorita Marcaida, por favor.

—Puede pasar. Segundo piso. Las escaleras están al fondo.

Subí los escalones de dos en dos, como buen enamorado, y cuando llegué al veintiséis, en el segundo piso, descubrí que mi condición física era una mierda. Me tardé en recuperar el aliento y luego toqué suavemente con los nudillos.

Nadie respondió.

Toqué un poco más fuerte y nada.

Cuando estaba a punto de marcharme, con mil teorías en la cabeza, iba llegando ella, guapísima. Portaba una blusa blanca —pude descubrir que sin sostén—, un saquito a la cintura, falda negra abierta casi hasta las nalgas y sandalias negras con agujeta a la pantorrilla y unos tacones imposibles.

—¿Llevas mucho tiempo esperando?

—No mucho.

—Fui a cortarme el pelo y hacerme manicure.

Estaba bellísima. No llevaba maquillaje y sus labios se notaban más inflamados que de costumbre. Parecía una adolescente y me conmovió. Se me hacía increíble que la naturaleza hubiera concentrado tanta belleza en una sola criatura.

—Déjame nomás entrar al baño y nos vamos. Pásale si quieres, pero te advierto que tengo un tiradero.

Entré y había un megatiradero, parecía como si vivieran allí media docena de vagos.

No tardó en regresar del cuarto de baño.

—¿Vives sola?

—Sí, ¿lo dices por el tiradero? Es que no sabes lo que es bailar toda la noche.

La llevé a comer a un lugar de mariscos.

—Normalmente no acepto invitaciones. Con los únicos hombres que he salido, aparte de con un senador del PRI, es contigo y con Meléndez.

—Me siento muy halagado.

—Me caístes muy bien desde el día en que te conocí. La gente siempre se aprieta cuando se trata de aflojar el billete, y tú no. Me gustan los hombres que son así. Creo que el peor defecto de un hombre es que sea agarrado.

Después de comer la llevé a Chapultepec y caminamos un buen rato. Hacía una tarde espléndida.

—Me gusta salir con hombres que no me están chingando todo el tiempo para que me acueste con ellos.

—No podría acostarme contigo.

—¿Por?

—Me pondrías muy nervioso. No sabría qué hacer o por dónde empezar. Eres demasiado hermosa. Además, me gustas tanto que se me haría un pecado siquiera tocarte.

Marcaida sonrió complacida.

Después la llevé a su hotel, y cuando íbamos llegando, me dijo:

—Gracias. Me la pasé muy bien. Fue un día poca madre.

—Gracias a ti. Eres un sol.

—Si quieres, nos vemos el lunes.

—Encantado.

En el ínterin, tuve que soportar estoicamente la rutina de Meléndez, que siempre era la misma.

Al levantarme, ya estaba en la cocina, con una bata que le había prestado, y se estaba bebiendo unos bloody maries con vodka, leyendo el periódico.

—¿Qué onda, carnal?

—Bien, ¿y tú?

—Aquí, anestesiándome.

—Ya veo.

—Es que yo soy un hombre de acción, mi hermano. No puedo estar sin hacer nada porque me vuelvo un cabrón vicioso.

—Son unos días, nada más. Ya lo verás. Tómatelo como vacaciones. Te va a caer bien.

—Si tú lo dices, bróder.

A mediodía comía algo y se dormía toda la tarde; luego despertaba, veía las telenovelas del Canal de las Estrellas, mientras se fulminaba una botella de algo —lo que hubiera a la mano—, y luego se quedaba dormido en su sofá.

Yo intentaba distraerme y salía a caminar bastante. Pero aquella no fue solución alguna. Cada par de nalgas que veía, eran las de Marcaida. Cada cabellera parecida, era ella. Todo era ella. Estaba completamente obsesionado con la bailarina.

Por fin llegó el lunes.

Seguí la rutina anterior. Llegué al Troyita, y ya sin preguntar, pasé. Esta vez subí las escaleras lentamente, y al llegar, Marcaida abrió la puerta al primer toquido y me invitó a pasar.

No reconocí el sitio. Estaba completamente limpio y arreglado.

—Lo limpié para ti.

No daba crédito a lo que escuchaba. Mi diosa se había tomado la molestia de limpiar su hogar para recibirme. Me sentí muy halagado.

Salimos a comer por allí cerca, y después de una breve sobremesa me invitó a su habitación en el Troyita; bebimos unos tragos y charlamos un buen rato.

Ese día me platicó por qué se había puesto el nombre de Marcaida.

—Pues resulta que tengo un tatuaje, acá atrás, en la pompis. Es una herradura. Cuando me contrataron para bailar me preguntaron que si tenía un nombre artístico y les dije que no, pero en cuanto me vio encuerada, el empresario me puso Marcada, pero a mí como que no me gustaba, aunque tampoco me molestaba mucho que digamos. Entonces una noche le estuve bailando a uno de esos maestros de la universidad, dizque catedrático o una cosa de esas. Era un gordito bien pedo y muy simpático, y sí tenía tipo de maestro, y me dijo que mejor me pusiera Marcaida, que era casi igual pero que sería una gran diferencia en mi carrera artística.

—¿Y eso qué's? —le pregunté, pensando que ya estaba muy pedo y no estaba pronunciando bien lo que decía (como les pasa a los borrachos, tú sabes), pero no. Me explicó que era uno de los apellidos de la esposa de Hernán Cortés, y que le pregunto:

—¿A poco así se apellidaba la Malinche?

—No. La Malinche no era su esposa.

—¿Entonces?

—La Malinche era, digamos, su quelite.

—¡Ah! ¡Qué cabrón!

Marcaida había nacido cerca de la costa del Pacífico, y al llegar a los trece años, ya había desarrollado un espléndido y maduro cuerpo, motivo por el cual su padrastro y un tío, hermano de su madre, habían abusado sexualmente de ella con frecuencia.

Cuando Marcaida acababa de cumplir los quince, el hermano de su madre desapareció —literalmente—, y unos meses después su padrastro resbaló por las escaleras y se rompió el cuello, debido a un descuido de Marcaida, a quien se le había caído una botella de aceite en las escaleras y no lo había limpiado.

De cualquier forma, tuvo que salir huyendo de su pueblo, después de que un judicial le metió mano de arriba abajo una noche, en el transcurso de una *veriguación previa*, en el interior de una patrulla, en medio de la soledad de un plantío de palmeras.

Había llegado a la Ciudad de México y se había instalado en casa de una prima materna, pero otra vez su hermosura causó problemas. Ahora, el marido de la prima se había obsesionado con Marcaida y trató de violarla. Marcaida le propinó un fuerte golpe en la cabeza, con una sartén —que todavía contenía restos de huevos con jamón del desayuno— y después había salido corriendo. Prefirió no quedarse a dar explicaciones. Recogió sus escasas pertenencias y se marchó, sin saber a dónde.

Mientras descansaba comiéndose un tamal en Coyoacán, la abordó un hombre joven, muy agradable y simpático, de unos veinticinco años. Le hizo conversación, le convidó los tamales y la hizo reír a carcajadas mientras se tomaban unas copas en un bar, y al final se la llevó a dormir a su casa, donde al día siguiente se despertó sin siquiera saber en dónde se encontraba.

Sin embargo, no la habían violado, ni estaba golpeada o algo parecido. Se vistió, bajó unas escaleras y llegó a un comedor donde desayunaban otras mujeres más o menos del estilo de ella.

A partir de ese día, aquel fue su hogar durante una buena temporada. El Mayestic —como llamaban al joven padrote— poco a poco la fue introduciendo en el mundo de la prostitución, y ya a los diecisiete era una mujer con una experiencia sexual que hubiera querido tener una mujer normal a los sesenta. Sin embargo, un día el padrote enloqueció de tanta droga, exigiendo mucho y golpeando mucho, y así anduvo una corta temporada hasta que, una noche, una de las muchachas había ido a la tienda y de regreso se le había caído una botella de aceite y se le había olvidado limpiar y...

Poco tiempo después, una amiga conectó a Marcaida con el mundo del teibol.

—Tú tienes muy buen cuerpo, manita. No lo desperdicies.

—Pero no sé bailar.

—No te preocupes, con esas chichis y esas nalgotas nadie se va a dar cuenta.

Y allí había estado ya un buen rato cuando una noche conoció a un señor muy simpático, de apellido Meléndez, y rompiendo la regla número uno de la profesional, aceptó salir a comer con él y se divirtió como pocas veces en su vida.

A diferencia de la mayoría de los hombres que había conocido, Meléndez no la acosaba sexualmente ni mucho menos; casi había que rogarle para que se la cogiera. No era celoso ni posesivo. Más que tener una hembra de primera a su lado, él prefería un público agradecido a su lado. A Meléndez parecía gustarle más hacer gracia y hacer reír, que hacer el amor. Con él, Marcaida vivía una especie de tregua sexual y además se reía mucho.

Poco después nos conocimos.

Aquel lunes nos despedimos casi a la medianoche, en la puerta de su habitación, en el Troyita.

—¿Te gustó cómo quedó?

Me mostró la habitación con un gesto.

—Me encantó.

XI

Llamé un taxi de sitio desde el Troyita.

La historia de Marcaida me había llegado muy profundo. ¿Cómo era posible que una cosa tan bonita, una personita tan dulce y perfecta, hubiera tenido que sufrir así?

Sin embargo, la energía del taxista pronto me puso en su terreno de juego y me olvidé de todo para prestarle atención.

—¿Cómo ve la cosa, jefe?

—Pues mal.

—N'ombre. Mal es piropo. Yo con todo el respeto que usted se merece, como se lo merece todo el pasaje, le digo que la cosa está de la chingada.

—Tiene razón.

—¿Verdá' que sí?

—Yo creo que sí.

—Fíjese estos desgraciados se aumentan los sueldos como si se les fuera a acabar el dinero y a los jodidos les dan puro camote.

—Cierto.

—Porque yo me pongo a pensar, ¿no? Y digo, así a veces también platico con el pasaje, con la gente amable como usté', y digo que si el de más abajo, digamos el más pobre, si ese señor ganara por ejemplo cinco salarios mínimos mensuales, pues podría consumir más, ¿no es cierto? Más coca colas, más leche pa' los niños, más zapatos, hasta más medicinas, si usté' quiere. Pero así de jodidos, que no ganan ni pa'lmetro, pu's así está cabrona la cosa.

—Así es.

—A ver, esos señores del gobierno y de la suprema corte y diputados y esos que ganan su buena lana, aparte de que son muy pocos, esos ya compraron todo lo que tenían que comprar; esos no mueven la economía. Los que movemos la economía somos los jodidos —como decía el difunto don Emilio—, no los ricos. Esos, por no mover, no mueven ni las nalgas.

—Cierto.

—Y entonces uno dice: pues entonces, si yo que ni acabé la primaria, me doy cuenta de eso, ¿por qué el señor presidente y sus achichincles, quesque de muy buenas escuelas y toda la cosa, por qué ellos no se dan cuenta de nada?

—Buena pregunta.

—Pero eso sí: fíjese nomás la cantidad de coches de lujo importados que hay en el país. A donde quiera que vaya, ya se encuentra sus Mercedes y esas ondas. No hay derecho.

—En verdad, no.

—Luego uno piensa, ¿no? A veces tiene uno mucho tiempo pa' pensar en esta chamba, y digo, por ejemplo: si juntáramos nomás ese famoso IVA en cada manzana e hiciéramos un fondo, como que un fideicomiso, ¿cuánto no tendríamos? Y eso sin tomar en cuenta la bola de otros impuestos que nos dejan ir de a feo. Y sin en cambio, se lo damos al gobierno y nomás nos chinga cada vez que puede. ¿O no está de acuerdo?

—Por completo.

Afortunadamente ya íbamos llegando, porque el ambiente dentro del taxi se estaba acalorando demasiado.

XII

Hasta que llegó Marcaida a mi vida, no había comprendido para nada lo que era una obsesión amorosa. Cuando don Plutarco —mi embalsamador estrella— me dijo que se iba a divorciar, después de cuarenta y dos años, para casarse con Kity, una de las recepcionistas —de diecisiete años—, la única explicación que pudo darme fue:

—Ni sé qué me pasa y ya ni me importa. Ya me dejé llevar por la cabrona obsesión.

Ahora lo entendía. Mis actos no tenían un gramo de lógica. Le doblaba la edad a Marcaida con creces. No teníamos nada en común y me estaba comportando como un adolescente muy tardío. Lo propio hubiera sido que siguiera trabajando en la funeraria o abriendo franquicias o haciendo innovaciones. Algo. Pero no encontraba la energía para hacer nada de eso.

Muy pronto encontré una explicación más o menos satisfactoria. Yo creo que por eso Freud es tan famoso. Todo lo colocaba en un sitio y así se lo explicaba. Mi explicación estaba en que no había tenido adolescencia de ninguna clase, ni juventud, y tal vez por eso me llamaba ahora la atención llenar aquel vacío muy dentro de mi subconsciente, sintiendo y actuando como un adolescente. Así que, habiéndome tranquilizado un poco ante mi conducta infantiloide, repartía mi tiempo y mi energía entre mis pensamientos fantásticos y obsesivos por Marcaida y mi huésped, Meléndez. En cuanto a éste, lo puse a investigar el asunto de los asesinatos del 68 —no los cometidos por Luis Echeverría y compañía, sino los que le habían achacado injustamente al Profesor—. Gracias a internet, Meléndez bajó información interesante, y al mismo tiempo bajó notablemente la dosis de etílico que consumía a diario. También se bañaba todos los días y se ponía unos pants limpios.

Por mi parte, cada vez que salía a la calle, me imaginaba todos mis actos al lado de Marcaida. Si me compraba unos zapatos, pensaba en ella. Si me compraba un chaleco, pensaba si ella lo aprobaría. Me comportaba cada vez más decente con todo el mundo, nada más de imaginarme lo que ella pensaría sobre mi comportamiento.

Pasaron varios lunes y nos fuimos conociendo cada vez más y mejor. Finalmente, fue ella la que hizo la primera aproximación física. Habíamos ido al mercado y venía de frente un tipo con un "diablito" bien cargado. Yo iba ligeramente por detrás de la chica y, debido a la estrechez del pasillo, instintivamente la abracé por el vientre, la pegué a mí y la hice a un lado para que pasara el encarrerado "diablito". Ella apretó mis manos, y en un detalle que estuvo a punto de hacerme perder la razón frente al puesto de inciensos y veladoras, la bellísima mujer presionó las nalgas contra mi erección, con una coquetería demencial.

—Mejor ya vámonos al hotel —susurró suavemente en mi oído y agregó, casi en puro vapor—, quiero estar solita contigo.

Si a mi orgullo de hombre me remitiera, describiría el mejor palo de toda mi vida aquel lunes por la tarde, en la habitación número veintiséis del hotel Troyita, pero me hice el propósito de escribir la verdad y la verdad es que no se me paró.

Sencillamente, no pude.

La emoción que me producía aquella mujer desnuda frente a mí llenaba todo el espacio y no permitía erección alguna.

Marcaida respondió generosamente a la falla, sin darle mucha importancia.

—No hay prisa.

Lo curioso era que deseaba comérmela, devorarla, masticarla, chupar sus huesos, beber su sangre, lo que fuera con tal de llevarla dentro de mí. Conmigo a todas partes.

Y casi me la comí, pero, penetrarla, nomás no pude. Me distraía su mirada, su ombligo, sus inflamados pezones. Me distraía su boca, su aliento, el olor de sus orejas, el perfume de su cuello. Me distraía el sabor de su lengua, el aroma y la desbordante humedad de su inflamada vulva, la voluptuosidad de sus jóvenes y lozanas nalgas. Me distraían sus muslos, su vientre, la perfección de su enorme y carnoso ano.

Como si fuera un mago, al verme llegar aquella noche, Meléndez adivinó la situación.

—Ni me digas. No se te paró, ¿verdad?

—¿Cómo adivinaste?

—No te preocupes, manito. A mí me pasó exactamente igual la primera vez. Es que es un viejorrononón, ¿a poco no?

—Demasiado.

—Bueno, no te preocupes, mi hermano, cada día aparece un medicamento nuevo para combatir la impotencia.

—Gracias.

—No tiene nada de malo, maestro, todo por servir se acaba.

—Gracias.

—Bueno, cambiando el tema, he encontrado algunas similitudes entre los asesinatos del 68 y algunos de los actuales de Juárez.

—¿De veras?

—Me parece haber encontrado una firma, una especie de marca. Casi imperceptible, sobre todo si tomamos en cuenta el estado deplorable de los cadáveres, pero es una constante, y un cuate del médico forense me encontró lo mismo en tres autopsias de los niños muertos en el 68.

—¿Una firma?

—Sí. Muchos asesinos en serie mutilan a la víctima.

—¿Y cuál es la firma en este caso?

—Les falta la uña del pulgar derecho.

—¡Vaya! ¿Y nadie lo había notado?

—Nadie parece haber notado a más de cuatrocientas asesinadas. ¿Por qué alguien habría de fijarse en sus uñas?

XIII

A la mañana siguiente me presenté en el reclusorio a visitar al Profesor. Siendo la personalidad que era, tenía ciertas canonjías, como poder recibir visitas cuando le apeteciera. Le platiqué lo que Meléndez había encontrado y se notó sorprendido.

—Lo pondré en mi expediente.

—¿Tiene importancia?

—Puede tenerla. Ustedes que andan en internet y eso, búsquenle a los asesinos que acostumbran arrancar uñas. Y aparte de internet, parece mentira, pero la Procu tiene buenos archivos al respecto. Chance y con la ley de transparencia...

El Profesor hizo la mímica de contar billetes.

—Usted sabe...

—¿A cuántos habrá matado este hombre?

—Nadie puede saberlo.

El Profesor me dio una breve cátedra sobre los asesinos en serie. Me ilustró con varios ejemplos, muy conocidos, destacando a Chikatilo, el soviético que asesinó a más de cincuenta mujeres y niños. El Profesor también me dio cátedra acerca de los atributos en esta categoría particular de asesinos seriales:

sus tendencias, su manera de ser, los problemas que deben haber tenido de niños y otras facetas del perfil general propio de los infanticidas seriales.

Siempre había sido una especie de tema tabú para mí. Me repugnaba imaginar las situaciones a las que llegaban tanto víctima como victimario. Sin embargo, al final de las explicaciones del Profesor, hube de admitir que, a pesar de haber pasado toda su vida en prisión por culpa de un asesino en serie, el Profesor se refería a ellos con profundo respeto humano y gran compasión, como enfermos mentales, o tal vez como seres especiales, genéticamente diferentes.

—Lo que está muy claro es que son dementes. Ya sea que recibieran un golpe de pequeños o que los hayan hecho polvo sus propios padres, no son responsables de sus actos. Ninguna persona en su sano juicio asesina y, mucho menos, en serie.

El Profesor comentó sobre cierta teoría muy avalada actualmente y que dice que son seres humanos con muy marcados restos genéticos de los depredadores que hace unos miles de años seguían a las manadas de humanoides, matando al viejo, al débil y al enfermo. Esta genética se detona bajo determinadas circunstancias y se traduce en una conducta completamente antisocial, homicida. Depredadora.

—Habla como un hombre muy comprensivo, Profesor.

—Intento serlo.

—¿Y qué sugeriría usted que hiciéramos con el asesino si lo pescáramos?

—No hay remedio. Tomando en cuenta cómo funciona el sistema judicial, la mejor salida es liquidarlo.

La frialdad del Profesor me heló la sangre. Nunca había contemplado en serio la idea de liquidar a nadie.

A pesar de todo, aquel día salí del reclusorio rejuvenecido. Por primera vez desde que había dejado mi trabajo en la funeraria, sentía que tenía algo que hacer en la vida; una actividad que no me redituaría dinero, así que, para la sociedad, sería otra forma de perder el tiempo, pero para mí, era una mina. Había encontrado la manera de emplear en algo concreto el tiempo encontrado.

Era lunes. Visité a Marcaida y dejó marcado ese día en mi memoria, para toda la vida.

Empezamos platicando, sentados en la cama de su habitación, y poco a poco nos fuimos acariciando, sin prestarle al hecho la menor atención. Ella llevaba una minifalda y unas botitas negras con una blusa ajustada, sin sostén. Estaba divina.

La ayudé a liberarse de la blusa y cuando metí la mano bajo la minifalda, descubrí que no llevaba nada debajo. El calor que despedía su exquisita y ardiente entrepierna en mis dedos y la palma de mi mano era vaporoso y sensual. Podía palparse. Físicamente.

—No me puse nada, para ti. Quería estar lista todo el tiempo. Te quiero mucho, mi vida. Te amo.

Marcaida aún no terminaba la frase y yo ya estaba más que listo.

Besé y lamí todo su rostro, su bellísimo cuello; la manoseé completa. Le mamé los pezones, le mordí las tetas, me comí toda su vulva, besé su ano y mi lengua se extravió largamente dentro de aquel aromático y maravilloso esfínter. La acaricié de todas las maneras.

Ya no sabía ni qué hacerle. Ella mientras tanto, me tocaba todo, sin vergüenzas. Me lamía los testículos, dejándolos hirviendo. Me chupaba y mamaba largamente el pene, lo mordisqueaba, lo besaba.

Luego, sin que yo lo pidiera, se empinó sobre la cama, abrazó una almohada, abrió las piernas y levantó exageradamente las hermosísimas nalgas. Al contemplar aquello, puedo asegurar que sentí una emoción francamente mística. Era una sensación eternamente más profunda que el sexo y la lujuria; una sensación que, al sentirla, provocaba mi reverencia y respeto por la Madre Naturaleza. Parecería mentira pero, a mi edad, la primera vez que sentí a dios en serio, fue ese día que vi a Marcaida empinando exageradamente el culo.

Y esta vez sí que hubo respuesta de mi parte. Era demasiado. Estar dentro de ella fue como si tuviera mi propia ceremonia del fuego nuevo. Un fuego increíblemente dulce y al mismo tiempo abrasador, que me renovaba. Mientras más me metía dentro de Marcaida, más fe tenía en mí mismo y en todo. Me estaba sintiendo otra vez joven. Marcaida era como mi fuente de la eterna juventud.

Y por si fuera poco el placer de ser uno solo con aquella belleza, Marcaida era una amante sensacional. No era solamente un cuerpo hermoso, sino que sabía muy bien cómo utilizarlo. Combinaba la gran experiencia adquirida en el mundo de la prostitución, con una especie de cariño casi infantil. Mientras la penetraba, me daba la impresión de estar con una primeriza. Su inocencia rayaba en lo erótico. Pero a mí me gustaba de esa manera. Me encantaba saber que estaba poseyendo al mismo tiempo a ambas: a la puta y a la virtuosa. A la mañosa y a la naif. A la niña y a la mujer madura. Todo. Y Marcaida tenía, por tanto, dos personalidades perfectamente definidas. Era mujer y era niña. Podría decirse lo mismo de millones de mujeres, pero aquí resultaba muy patente debido a su oficio. Mientras bailaba en el teibol o se paseaba de mesa en mesa, provocando, era una gran puta. En el escenario, moviendo las nalgas y las tetas como si fueran turbohélices, era una putona; ni qué dudarlo. Por otro lado, a veces su inocencia la convertía en nada más que una niña. Era ignorante e inocente y, con ese cuerpo, tal combinación era exquisita y explosivamente libidinosa.

Era una mujer maravillosa, y al descubrir en ella al ser que descubrí, me di cuenta al mismo tiempo de cómo me había pasado la vida etiquetándolo todo y a todos sin misericordia. A mí mismo, para empezar.

Gracias a mi relación con Marcaida, empecé a entrenar la difícil disciplina de no etiquetar a la gente, de no prejuzgar. Y ni siquiera a causa de un factor moral, sino, sencillamente, para evitar cagarla.

XIV

Un lunes salimos a comer con una prima de Marcaida que venía de Chilpancingo. Me imaginé que sería prima política porque entre ambas mujeres no había prácticamente nada en común. Además, resultó medio mocha y le pidió a Marcaida que le llevara unos encargos a un cura conocido de ellas, porque tenía que regresarse rápido a Chilpancingo. Marcaida se negó rotundamente:

—Ay manita, 'ora sí que me la pones difícil. Yo chambeo rete duro toda la semana y también tengo que descansar. Deberías pasar ahorita, de una carrera, antes de irte.

—Te juro que no puedo, bebecita; soy la madrina de una peregrinación y tengo un montón de cosas que arreglar —dijo, consultando su reloj, y concluyó sin dejar lugar a réplica—. Es más, ya me tengo que ir a la terminal, no quiero perder el autobús.

Se puso de pie, dejó sobre la mesa una bolsa de mandado con algunas cosas dentro, se despidió y se fue sin siquiera haber probado los chongos zamoranos y el café que había ordenado.

Nunca había visto a Marcaida enojada hasta ese día.

—¡Hija de su puta madre! ¡Pinche monja de cuarta! ¿Por qué chingaos no fue a llevar sus pendejadas ayer que llegó, la muy puta?

—Vamos, yo te acompaño —le dije suavemente, intentando tranquilizarla un poco.

—No, si no es por no ir. Es porque el pinche padre Porcayo es de cercas de mi pueblo y me conoce desde niña y siempre que me ve me echa unos sermones de su puta madre. Es un pinche hablador. De menos te chinga unas dos horas. Es cabrón. Y si le caes antes de misa, te tienes que mamar toda la ceremonia completa y ahora la hace cantada el ojete. Muy santo el culero, pero cuando te descuidas ya te está viendo las nalgas y las chichis, y cuando puede, se te embarra.

—Si quieres, yo llevo el paquete.

Marcaida se calmó de pronto.

—¿Tú? ¿De veras?

—Sí. Me dices dónde es y se lo llevo al Porcayo ese y asunto arreglado. Tú no te me andes preocupando por nada y mucho menos te me enojes, porque te arrugas.

Finalmente sonrió y me dio un besito coqueto en los labios.

Se trataba de una parroquia más o menos rica, en el sur de la ciudad. Eran tal vez las cinco de la tarde y estaba todo cerrado. Busqué alguna campana o algo con qué llamar, pero no encontré nada. Toqué varias veces con los nudillos en el portón de madera, pero estaba muy duro y me lastimé, así que busqué una piedra de buen tamaño y golpeé la madera varias veces. De pronto, el portón se entreabrió y apareció un cura muy mal encarado, gordo, calvo y chaparro. Sin decir nada, miró la piedra en mi mano y luego la bolsa en la otra, evaluando la situación.

—¿Padre Porcayo?

—¿Quién lo busca? —preguntó, mirando la piedra con cierto recelo.

—Le traigo unas cosas que le mandan de Chilpancingo.

—Suelte la piedra y pase.

Entré a los terrenos de la parroquia. El cura cerró el portón y empezó a caminar hacia una puerta lateral del templo, sin decir palabra. Me puse a seguirlo y entramos por un arco a un patio interior muy agradable, con una casita al fondo. Había una mesa con cuatro sillas, y sobre la mesa una botella de jerez español y una fina copa llena a la mitad.

—Siéntese —ordenó Porcayo mientras se metía a la casita y volvía con otra copa en la mano, la llenó de jerez y me la extendió sin decir nada. La acepté y el cura chocó su copa con la mía.

—Estaba meditando, las tardes son muy agradables aquí en el patio. Puede uno acercarse más al Señor. Los lunes no hay servicios en la tarde, confesiones y cosas de esas, así que aprovecho para ejercitarme espiritualmente.

Le dio un buen sorbo al jerez, paladeándolo.

—¿Fuma?

—Sí.

Porcayo se puso de pie y volvió a entrar a la casita, trayendo de regreso dos habanos largos y gruesos que se notaban muy finos.

—Estos me los acaban de traer de Cuba.

Tomé el puro y observé cómo Porcayo sacaba de la nada un cortapuros ydescabezaba expertamente el suyo. A continuación me pasó la diminuta guillotina, mientras él lamía y mamaba la punta cortada de su cigarro con gran naturalidad.

Permanecimos un rato en silencio, bebiendo jerez y fumando. El patio era en verdad agradable; tenía macetas con plantas muy bien cuidadas. Una zona daba a la parte lateral de la iglesia y en la pared de ésta se notaba la humedad rancia de muchos años. La casita de Porcayo tenía teja en el techo y una chimenea, y me la imaginé muy acogedora. Los pájaros cantaban, la temperatura era excelente y el aire estaba limpio. Tenía un gran sitio ese Porcayo, no cabía duda.

—Me decía que traía un encargo de Chilpancingo. ¿Es usted de allá?

—No. De hecho, vengo de parte de Marcaida.

El padre mamó del habano varias veces, dándome la impresión de que más bien se imaginaba estar mamando el pezón de una quinceañera, y me observó largamente.

—María de los Remedios a las Causas Perdidas.

—¿Perdón?

—Ese es el nombre de pila de Marcaida.

—¡Ah! ¡Claro!— mentí, contundente.

El cura me siguió observando mientras mamaba y mamaba el puro.

—¿Y cómo está ella?

—Muy bien.

—¿Sigue en la lujuria?

—No. Ahora está en el Culebro´s.

El padre sonrió y aprovechó para darse un sorbo de jerez, el cual, por cierto, estaba excelente.

—La mal llamada Marcaida. No se imagina usted qué niña tan dulce era.

—Sí, me la imagino.

El padre sonrió cínicamente.

—Cada vez que la veo, le recomiendo que deje de vender el cuerpo. Prostituirse es un robo.

—¿Un robo?

—Sí. El cuerpo no es nuestro. Le pertenece al Señor. Él solamente nos lo presta temporalmente.

Hacía ya muchos años que había renunciado al catolicismo y a la cuestión esa de usar al Señor para todo y en nombre de todo. Sin embargo, respeté la posición de Porcayo, quien se veía que le metía duro al escaso modelo de cuerpo que le había prestado *su* Señor.

—¿La conoce hace mucho? —me preguntó, envuelto en humo.

—Si la conociera hace mucho, tendría que haberla conocido en el vientre de su madre, ¿no cree?

Porcayo volvió a sonreír cínicamente.

Me caía bien el cura aquel.

Nuestra conversación se extendió mucho más de las dos horas que Marcaida había pronosticado y nos terminamos la botella de jerez.

Sólo hasta el final de la entrevista, recordó Porcayo el asunto que me había llevado allí en un principio.

Abrió la bolsa del mandado que le había enviado la prima de Marcaida y dijo, no sin cierto desdén:

—No me gustan mucho las cosas que preparan las monjas.

Volvió a sonreír cínicamente y me acompañó hasta la puerta.

—Ha sido una charla interesante. Vuelva cuando quiera.

—Claro que sí, padre, ha sido un placer conocerlo.

—Igualmente.

Aquella noche, al salir de la parroquia del padre Porcayo, ya tenía en mi haber a un amigo sacerdote de la iglesia católica, apostólica y romana; simpático, cínico y charlatán.

Mientras tanto, Meléndez siguió recolectando información, aunque era cada vez más escasa y difusa. De asesinos en serie que arrancaban uñas, solamente había encontrado cuatro. Desgraciadamente, ninguno en México.

En cuanto a mí, decidí volver a visitar muy pronto al padre Porcayo.

XV

¿Qué me hizo regresar a visitar a Porcayo?

Tal vez lo mismo que me llevaba a hacer todo lo que hacía. Una nueva ansia de vivir. Cada día que pasaba me daba cuenta de que había vivido todo el tiempo casi embalsamado. Ahora *sentía* cómo me corría la sangre por las venas.

De cualquier manera, el recuerdo de la plácida tarde que pasamos embriagándonos y fumando frente al jardín me hizo desear repetir la agradable experiencia, el siguiente lunes.

Paré en una vinatería y compré un par de botellas de jerez español del mismo que habíamos estado bebiendo en nuestra primera entrevista.

Llegué sin avisar.

Porcayo se entusiasmó bastante con mi presencia.

Esa tarde platicamos de muchas cosas interesantes. Porcayo era un tipo culto, simpático y agradable; muy divertido.

Una vez aclarada mi orientación religiosa —o sea, ninguna—, pudimos platicar de todos los temas, y Porcayo era un buen conversador, sin lugar a dudas.

El tiempo se pasa volando cuando uno se encuentra en un agradable y apacible patio, libando jerez del bueno y fumando habanos chingones. Así, se me fue haciendo hábito visitar a mi amigo Porcayo y, además, siempre aprendía algo a su lado.

A Marcaida le extrañaba nuestra amistad.

—No sé qué le ves al enano morboso ese.

Pero a mí la visita de los lunes me parecía un acto casi fantástico; una especie de rito que me hacía sentir bien.

Para mí, el lunes siempre había sido el día más deprimente de la semana. Recuerdo lo triste que era un entierro en lunes; no se diga un velorio. Pero de una temporada a la fecha, los lunes se habían convertido en mis días favoritos. Primero mi romance con Marcaida y luego las visitas a Porcayo.

Porcayo era un estuche de monerías y no tenía empacho en narrarme sus aventuras. Podría repetir cantidad de cosas interesantes que me contó, pero del extenso catálogo, lo que más me llamó la atención fueron dos asuntos: primero, el extraordinario negocio que era una parroquia como aquella, y segundo, la gran cantidad de solteronas, viudas y —sobre todo— mujeres casadas que le ofrecían las nalgas.

Una tarde, después de pasarnos un buen rato en silencio, bebiendo jerez y fumando nuestros cigarros, Porcayo suspiró profundo y dijo:

—No te imaginas la de cosas que guarda la iglesia católica, compadre.

Asentí, prestándole atención, y continuó:

—Nadie se imagina la cantidad de información que posee. De todo tipo. Y no de unos años para acá, como la CIA o el Mossad. No. Nosotros poseemos información privilegiada desde mucho antes de nuestro señor Jesucristo.

Porcayo le dio un buen trago a su jerez y agregó, convencido:

—Y de todo tipo. Puedo decirte que los archivos de la CIA son una verdadera cagada al lado de lo que tiene la santa iglesia de Roma.

Se me encendió un foco en el cerebro y se me ocurrió preguntarle:

—¿Tienen información sobre asesinos y cosas de esas?

Me observó un momento, en silencio, y cuando comprendió lo que le decía, preguntó a su vez:

—¿Como qué estás buscando?

Le platiqué con detalle el caso del Profesor y me escuchó atentamente, mamando de cuando en cuando su puro. Al concluir la exposición de mi asunto, Porcayo dejó pasar varios segundos, pensando antes de hablar.

—Mira. No creo que esos archivos lleguen a tanto. No me imagino ninguna oficina de información que tenga *toda* la información. Particularmente en un asunto local de poca monta, aunque suene feo decirlo. Unos cuantos niños de la calle asesinados no justifican el gasto de investigación, análisis y archivo, así que pasan desapercibidos. Pregunta en Brasil, si no.

Mi emoción se apagó en el instante.

—Sin embargo…

No solamente era la santa iglesia de Roma la que recaudaba información. También sus ministros. Según Porcayo, no era raro que un sacerdote llevara una libreta con anotaciones.

—En algunos lugares, ni siquiera es raro. Es una costumbre. De esta manera tienes mejor identificado a tu rebaño, elaborando una especie de registro.

—Un expediente.

—No exactamente, pero vale la comparación. Si los siquiatras llevan uno, ¿por qué no los curas? Nosotros somos los siquiatras y sicoanalistas de los pobres.

—¿Y tú? ¿Llevas tu propia libreta?

—No, compadre. Yo tengo buena memoria, sobre todo para lo que me conviene.

—Me imagino que debe ser muy delicado el secreto de la confesión.

—No existe.

—¿Cómo?

—Ningún secreto existe. Mucho menos el de la confesión o el secreto profesional. Piénsalo bien y verás. Un secreto no es tal si no ha sido violado.

—¿Y te platican cosas gruesas?

—Ya casi no hay nada grueso. Hoy en día ya prácticamente todas las casadas les ponen los cuernos a sus maridos. Los chavos empiezan a tener relaciones sexuales a los doce o trece años; ya le meten a las "pastas" antes de hacer la primera comunión, si es que la hacen. Por medio de internet se pueden enterar en cada esquina de lo que gusten. Son catedráticos en lo que sea. ¿Qué puede haber de grueso? Además, los gruesos, *gruesos*, no se confiesan casi nunca.

—¿Y cómo mides la penitencia?

—¡Jamás! Nunca aplico penitencias. A nadie. Por nada. Seré un sacerdote lujurioso y sibarita, un burgués, pero respeto los principios básicos del cristianismo, y uno muy claro dice en voz de Jesús: "No juzgues y no serás juzgado; no condenes y no serás condenado; perdona y serás perdonado." Yo hago lo que dice el Maestro. Perdono en su nombre y aconsejo y trato de arreglar las cosas y de ayudar cuando se puede. No abuso de nadie, no me considero un depravado ni nada parecido, y trato de llevar el sacerdocio lo mejor que puedo, desde mi punto de vista y de acuerdo con mis posibilidades y el mundo actual.

—¿Y si llegara a tu confesionario el asesino que estoy buscando y te confesara sus atrocidades? ¿Qué harías?

—Ya te lo dije, compadre, lo absolvería y seguro que le recomendaría que se atendiera debidamente; pero, ante dios, está de facto perdonado, aunque no viniera a confesarse nunca.

—¡Qué curioso! Eres el primer sacerdote que me inspira confianza.

—Tal vez porque soy humano. Me gustan el jerez y los puros y las mujeres y las comodidades, como a todos. Uno deja de ser sacrificado conforme pasan los años. Da lo mismo ser clérigo que cualquier otra cosa. A un comunista, por ejemplo, le sucede igual: no hay revolucionarios de cincuenta años en adelante. Las privaciones, los sacrificios, los actos heroicos y las revoluciones son parte del romanticismo y fueron hechos para la juventud.

Otro día me señaló que:

—Todo lo inventamos los humanos.

—¿O sea?

—Nosotros inventamos todo: la moral, las leyes, la manera en que debemos comportarnos, cómo vestirnos, qué comer, qué desear, qué no desear. Inventamos a dios, a las vírgenes, a los santos, y les atribuimos poderes y valores que nosotros mismos desearíamos poseer. Pero la verdad, como tal, es otra. Pongamos por ejemplo el sexo. Desde mi punto de vista, el deseo sexual es lo sano, absolutamente deseable y conveniente. Todas las etiquetas que le ponemos, como lujuria, pecado, malos pensamientos, deseos desmedidos, tentación, perdición, son solamente instrumentos del catálogo para poder manipular a la gente, y como el ser humano se especializa más y mejor cada día en ser un poco más imbécil y más consumista y más manipulable, la tarea no es tan difícil. Pero si nos vamos al origen, a la razón de las cosas, a la lógica más básica, la verdad, mi querido amigo, es que nuestra función *prístina*, sagrada y divina es *coger*.

Sonreí, pero Porcayo se mantuvo serio y aprovechó para darse un trago de jerez. Luego continuó, hablando de manera pausada:

—Me he pasado demasiados años leyendo la Biblia y he llegado a la conclusión de que lo más importante de todo el Libro Sagrado está contenido en solamente tres palabras.

Porcayo hizo una pausa intencionalmente, para crear un ambiente de misterio, y lo urgí a continuar con un gesto.

—Las tres palabras son: "Creced y multiplicaos". Para mí, la Creación es eso, precisamente. Eso es lo que cualquier dios de cualquier parte desearía: *vida*, mucha vida. Pero el ser humano se ha especializado en el culto a la muerte. En vez de disfrutar como dios manda de la vida, nos dedicamos a tenerle miedo a todo, siempre pensando en la muerte. Y así se nos va la vida. Y en cuanto a disfrutar, cuando uno habla de esto, la gente de inmediato se va a los extremos y piensa que disfrutar la vida significa lo mismo que depravarse. Yo opino lo contrario. Disfrutar de la vida conlleva un amor implícito a dios, y no hacerlo es una expresión de odio y rencor hacia él. Un desacato. El desprecio a su obra. Por otra parte, hemos desperdiciado la civilización, y en vez de haber ya colonizado Marte, por ejemplo, dilapidamos esos recursos en guerras. Entonces, recapitulando, según yo a eso se refieren con "creced y multiplicaos": a lanzar al ser humano a todos los confines del universo.

Extender la Creación.

Ser dioses.

XVI

Cuando mejor me sentía, una larga tarde de un viernes, Meléndez anunció que ya había arreglado sus problemas con la mafia y se marchó, dejando bien ordenados los expedientes que había abierto sobre los asesinos en serie.

—No hay como la labia, Maestro. Ya sabes, nomás los hice reír y listo.

—Hombre, ¡qué bien!

—Ahora ya nada más tengo que encontrar al Nico y traérselos para que arreglen las cuentas directamente con él.

—¿Necesitas dinero?

—No. Puede decirse que tengo los viáticos pagados.

—Bueno, pues si se te llega a ofrecer algo, ya sabes dónde está tu casa.

—Te estaré eternamente agradecido, mi hermano.

—No hay nada que agradecer.

Le había cobrado cariño. Lo relacionaba íntimamente con Marcaida, pero no como uno de sus amantes, sino como una especie de padre. Así que lo veía como de la familia.

Empecé a extrañarlo desde el momento en que se subía al taxi.

Uno no se da cuenta de qué tan solo se encuentra hasta que vive con alguien.

Sin embargo, intenté no deprimirme. No estaba tan solo. Ahí estaba Marcaida y tenía al padre Porcayo.

Tenía.

Porque en eso sonó el teléfono y era él.

—Pues para anunciarte, compadre, que me van a mandar a un pueblo cerca de Zihuatanejo.

—¡Qué mala suerte!

—No, ¡para nada! Yo solicité esa plaza desde hace meses. Extraño la costa y aquí la altura me hace daño. Además, no puedes comparar a las mujeres costeñas con las del altiplano. La mejor fruta se da al nivel del mar. Es cuestión de pura física. Hay menos presión.

Me vino a la mente Marcaida, desnuda.

Era una especie de fruta.

Le deseé a Porcayo la mejor de las suertes y le recordé que me debía la información que le había solicitado sobre los asesinatos en serie del 68.

—No se me ha olvidado, compadre. En eso ando. Dame tu correo electrónico y yo te aviso de cualquier cosa.

Le di mi correo electrónico y él me proporcionó el suyo.

—Voy a extrañar nuestras reuniones.

—Yo también. A ver si ahora que ya esté bien instalado, te das una vueltecita por Zigua.

Para matar la soledad y la melancolía, me metí unos buenos tragos de whisky y encendí el televisor para que me acompañara, y a eso de las diez de la noche sonó el timbre de la puerta.

Al abrir, tuve una sensación de *déjà vu*. Marcaida me hizo a un lado suavemente y entro en la casa.

Por supuesto, pregunté la primera pendejada que la mecánica dicta:

—¿No fuiste a bailar?

Marcaida me miró con una especie de coraje y vi que sus ojos se estaban humedeciendo demasiado.

—¿Qué te pasó, Mamita?

Por toda respuesta, me abrazó y se puso a llorar en mi hombro, mientras sus tetas se clavaban en mi pecho, contundentes.

—¡Cálmate, Mamita! ¡Cálmate, Mi Cielo!

Me deshice unos segundos de su abrazo para traerle una caja de pañuelos desechables y un vodka bien servido, y yo de paso me serví otro whisky.

—Bébete esto, te va a caer bien.

—Gra... Gra... Gracias —dijo entre suspiros de niña regañada y, contra su costumbre, en lugar de ingerir la mitad del vaso de un solo trago, esta vez lo bebió todo completo.

El alcohol actúa de manera que parece mágica. Seguramente por eso habemos tantos adictos. En este caso, la magia se logró y Marcaida se calmó lo suficiente como para dejar de llorar; me extendió el vaso vacío para que lo rellenara.

Le dio unos sorbitos a la nueva bebida y comenzó a hablar:

—Renuncié.

—¿Tuviste algún problema?

—No. Pero ya no quiero bailar...

Pensé que se le saldría nuevamente el llanto, pero se controló, y después de tragar saliva, continuó:

—Ya no quiero bailar. Punto.

—Ya no bailes.

—Para ti es fácil decirlo, pero yo tengo que pagar un chingo de cosas: hotel, ropa, maquillaje, lencería, zapatos, comidas...

—Habrá otra cosa que puedas hacer...

—¿Sí? ¿Qué? Con trabajos sé leer y escribir.

—Tal vez, pero tienes una presencia extraordinaria y eso paga.

—Tampoco quiero ser puta.

—No me refiero a eso. Una recepcionista de tu calibre puede ganar unos diez mil pesos al mes.

—¿Y tú crees que voy a poder estar sentada tanto tiempo? Con trabajos puedo estar sentada un rato. Las compañeras en el club dicen que parece que tengo pulgas en el culo.

—Bueno. Por el momento no te preocupes. Ya encontraremos algo.

En lo que decidía qué hacer con su vida, Marcaida abandonó el baile, dejó el Troyita y se mudó a mi casa.

Desde los dieciocho años había vivido solo. A excepción de algunas temporadas—pocas y cortas—en las que algún pariente o amigo se quedaba en mi casa durante unos días, nunca había cometido el error de llevar a nadie a vivir conmigo. Me apanicaba el pensar que una relación podía convertirse en lo que veía diariamente a mi alrededor. Además, me gustaban las cosas como las tenía, en el orden que se encontraban. En un mundo donde los cambios son vertiginosos, el arreglo de mi casa me aseguraba una constancia en la vida. Mi privacidad llegaba al grado de que ni siquiera contaba con una persona de servicio. Yo mismo realizaba la limpieza, lavaba la ropa y hacía las compras. Rara vez cocinaba. Tenía la alacena repleta de latas de comida instantánea, lo mismo que el refrigerador y, si se me antojaba algo en especial, lo ordenaba a domicilio. Podía decirse que, en lo personal, era por completo independiente, así que sentir de pronto la presencia de una mujer —por tiempo indefinido— en mis terrenos, me puso muy nervioso.

Sin embargo, a medida que transcurrían las horas, me iba agradando cada vez más el tener a Marcaida en casa. Poco a poco me iba sintiendo como si me hubieran dado un regalo de poca madre. Un ansiado deseo. La presencia de Marcaida me hacía experimentar una sensación siempre añorada: *calor de hogar.*

Uno siempre trata de vivir las experiencias futuras. En el pasado, yo llegaba incluso a hartarme de algo que ni siquiera había conocido, por el simple hecho de llegar hasta el límite de la imaginación con respecto a ese algo. Un día, por ejemplo, Alexander sugirió que compráramos dos automóviles de lujo, uno para cada uno de nosotros.

—Son deducibles de impuestos. Hasta nos conviene como negocio.

Estuve de acuerdo y fuimos a ver los coches. No soy amigo de comprar lo que no necesito, pero debo admitir que lo nuevo, sobre todo cuando es lujoso, tiene un aroma y un glamour que no se encuentran en otra parte.

Ordenamos dos, color negro.

Estarían listos dos días después.

Las siguientes cuarenta y ocho horas, mi carácter obsesivo se centró en el vehículo. Todo comenzó con una sensación de sensualidad muy agradable, apabullante, que solamente puedo describir como lujuria. Sin embargo, eso pasó muy rápido. A continuación me imaginé todos los inconvenientes: habría que asegurarlo, llevarlo a la verificación de emisiones; habría que hacerle los servicios de mantenimiento. A mí no me gustaba conducir, así que tendría que contratar a un chofer... Pero entonces... ¿para qué quería aquel automóvil si lo iba a conducir otra persona? Equivaldría a tener un taxi de lujo a la puerta las veinticuatro horas, lo cual me parecía una verdadera tontería.

Finalmente, me atacaron las paranoias: un secuestro, un asalto, el robo del propio automóvil...

Unas horas antes de que estuvieran listos los vehículos, el mío ya me estaba haciendo la vida imposible.

Cancelé mi pedido y le expliqué a Alexander el porqué.

—Te comiste la torta con la cabeza, maestro; ni siquiera la dejaste llegar a la boca.

A estas intensidades llegaban mis almuerzos mentales. Con las mujeres era peor aún. Cuando había conocido a alguna mujer con la que me hubiera gustado compartir mi vida, me imaginaba toda la vida a su lado —en un santiamén— y todo perdía el encanto.

Marcaida vino a comprobar lo contrario. Con tan sólo estar allí, hizo que se desplomaran todas mis teorías paranoicas sobre las relaciones de pareja, y demostró, sin quererlo, que tener cerca a alguien a quien se quiere es lo más agradable, positivo y maravilloso que existe.

Y en cuanto al sexo, pensaba que se agotaría rápidamente la emoción al tenerla en casa todo el tiempo, pero resultó lo contrario, como si recicláramos la energía cada vez que hacíamos el amor y ésta aumentara de potencia con cada encuentro.

La frecuencia era la que me ponía en estado de alerta, y no porque pensara que llegaría a aburrirme. No. Nada de eso. Lo que temía era que me podía dar un infarto mientras estaba dentro de ella.

Para evitar esta probabilidad, me escapaba de casa el mayor tiempo posible, sobre todo al reclusorio.

En una de estas visitas, el Profesor se me quedó mirando y luego se sonrió pícaramente.

—Disculpe, pero lo noto un poco pálido —dijo con amabilidad y a continuación, en un gesto de absoluta confianza, me guiñó un ojo y agregó— Nomás tenga cuidado, luego ya ve que hay amores que matan.

XVII

Pasaron varios días y pensaba que Porcayo no podría ayudarme. Si estando en la ciudad aparentemente no había conseguido nada, dudaba mucho que pudiera hacerlo desde la costa. Una vez más, sin embargo, volví a equivocarme, y al poco tiempo recibí noticias vía correo electrónico:

Mi muy querido amigo:

Me complace informarte que acá todo va bien. Tengo una casa junto a la iglesia que me asignaron y, aunque extraño la de México —por los cuates, desde luego—, aquí me siento mejor de la presión. Además, llegué con el pie derecho. Apenas abrí el confesionario y vino a confesarse la esposa del jefe de la policía y, al día siguiente, la mamá del presidente municipal. Ese es el mejor síntoma de confianza. Y de la confianza vive uno, compadre.

Bueno, pasando a otra cosa y cumpliendo con mi promesa, te tengo algo que tal vez pueda servirte. Se trata de un sacerdote ya muy viejo, retirado. Vive en un asilo para religiosos ancianos, cerca del Museo del Chopo.

Es de los que llevaban cuadernitos con anotaciones, y tengo entendido que los conserva. Este sacerdote confesó a varios militares involucrados en la matanza de Tlatelolco.

Tal vez te sirva de algo. Es lo único que pude conseguir. Si sé de algo más, te aviso.

Los datos del padre te los envío en el anexo.

Bueno, cambiando el tema, en cuanto llegué se presentaron el presidente municipal y el director del hospital del pueblo con unos pomos de obsequio. Ya nos hicimos cuates. 'Ora que vengas para acá, ya verás que nos la vamos a pasar muy a gusto, compadre.

Te mando un abrazo caluroso, con aroma a jerez y habanos.

*****

Al día siguiente, me escapé de Marcaida y tomé un taxi para dirigirme al Chopo.

El Chopo y sus alrededores siempre han ejercido una fascinación especial en mi persona, desde el día que leí una novela en la que dos soldados se conocen por esos rumbos y se enamoran. Uno de ellos llega a ser guardaespaldas de un presidente de la República; se lo acaba cogiendo y viven un romance muy interesante.

En fin. Esta vez, al ir buscando la dirección que me enviara Porcayo, me sentía doblemente emocionado.

Y no es que pensara que el cura anciano iba a resolver el caso, ni mucho menos, sino que el hecho de ir buscando pistas me hacía experimentar cierta emoción que seguramente no sentía desde niño.

Estaba jugando al detective y lo sabía, y sabía que estaba buscando una aguja en un pajar, pero no me importaba. Podía decir que disponía de todo el tiempo del mundo para realizar mis investigaciones.

Por eso aquilaté la información de mi amigo el cura en su justo valor. El hecho de que el anciano hubiera confesado a militares no significaba nada a simple vista, pero había estado en el 68 a una edad ya madura y tal vez podría brindar alguna información adicional con respecto al caso.

Las investigaciones de Meléndez pasaron a formar parte del archivo personal del Profesor, pero no le brindaron mucha ayuda, así que nada perdía con platicar con este viejo cura.

Por fin encontré el lugar. Era una casa grande, bardeada, con los árboles de la banqueta muy cuidados y la fachada bien pintada. Llamé a la puerta y me abrió una monja de unos sesenta años.

—Buenos días, vengo de parte del padre Porcayo.

—Claro que sí. Pase, soy la madre San Pablo, por favor sígame.

Pasamos por un jardín perfectamente cuidado y luego transitamos por un laberinto de pasillos muy bien pintados y relucientes de limpios, en los cuales había muchas puertas, una cada cinco pasos; algunas estaban abiertas y pude observar de reojo que se trataba de alcobas muy pequeñas y austeras, así como a algunos curas y monjes, en traje de carácter, cada uno en su habitación. Supuse que serían los ocupantes del asilo; todos se veían muy viejos y muy fregados. Debían de ser órdenes distintas a la de mi amigo Porcayo, porque ninguno de los que vi —incluyendo a la madre San Pablo— exhibía un quinto de la lozanía y vitalidad que caracterizaban a mi amigo.

Finalmente, llegamos a una zona muy hermosa, cubierta con domos que dejaban pasar la luz a un jardín interior; había ventanales y solamente cuatro puertas. Se veía de inmediato que era un lugar exclusivo. La madre tocó a una de las puertas y una voz ordenó:

—¡Pase!

La monja abrió la puerta, asomó la cabeza dentro y le dijo algo al padre; después sacó la cabeza de la habitación y me hizo una seña:

—Pase, el padre lo está esperando.

Me encontré con un padre muy viejo —yo diría que unos noventa años—, erguido, muy canoso y también se veía muy arrugado y fregado por la edad, pero, dentro de todo, con buen semblante, muy limpio, y era un tipo lúcido, cálido, agradable y carismático.

Me saludó de mano:

—Encantado. Soy el padre Julio. Me han pedido que colabore con usted. Estoy a sus órdenes. ¿En qué puedo ayudarlo?

—La verdad, no sé si pueda, padre.

—¿Por qué no se sienta y me deja intentarlo?

Me ofreció de beber un licor delicioso que —según me dijo— elaboraban unas monjas en San Luis. Sabía increíble. No recuerdo haber bebido nada siquiera parecido.

Le platiqué al padre Julio todo lo que sabía sobre el caso del Profesor, y cuando finalicé, dijo:

—Lo recuerdo perfectamente.

Me hice para adelante en mi asiento, muy interesado.

—En aquel entonces yo tenía cincuenta y dos años. Recuerdo todo lo sucedido en el 68 como si hubiera sido ayer. Aparte de los problemas estudiantiles y más allá de la olimpiada. Sin embargo, no me hubiera enterado de los asesinatos de esos pobres niños de no haberme involucrado muy de cerca en la tragedia.

Mi corazón pareció detenerse un momento de la pura emoción, y después de dar tumbos arrítmicos, entró en una taquicardia. Era la combinación de la bebida que me había dado el padre con la información y una gran cantidad de adrenalina.

El cura continuó:

—Los cadáveres de dos niñas fueron encontrados en botes de basura, en terrenos de mi parroquia.

El padre Julio tenía una memoria privilegiada. Hube de visitarlo varias veces, porque se desviaba de la plática con infinidad de detalles que no me interesaban, pero que él consideraba anecdóticos o importantes para su relato. Me agradaba hacer las visitas por varias razones aparte de mi investigación, que eran, entre otras, la compañía del anciano, quien muy pronto entró en confianza conmigo. Además, de alguna manera suplía a Porcayo, y el elixir que me daba a beber era incomparable.

El padre Julio llegó por fin al meollo del asunto:

—Nadie puede imaginarse lo que sentí cuando la muchacha de la limpieza llegó para informarme sobre el macabro hallazgo. Ese día envejecí diez años. Fue la primera vez en mi vida que me cuestioné seriamente la existencia del dios en el que creía.

El padre Julio guardó silencio durante un buen rato y empecé a pensar que se había quedado dormido, pero de pronto dijo:

—No cabe duda de que el Señor conoce todo, el cómo y el cuándo.

—¿Perdón?

—Estaba pensando en un buen hombre: el coronel Mendoza.

Guardé silencio, a la expectativa.

—El coronel llevaba un expediente independiente sobre el caso.

XVIII

Después de regresar a casa y hacer el amor con Marcaida tomé una siesta, y al despertar, ella estaba dormida y pude analizar en silencio la información que me había proporcionado el padre Julio.

El coronel Mendoza era un buen hombre, buen militar, ejemplar padre de familia. Un tipo decente, como se cuentan —afortunadamente— por cientos en la Institución Militar Nacional. Sin embargo, envuelto en el remolino de locura del 68, el coronel Mendoza había asesinado a varios jóvenes estudiantes a sangre fría, y un día cualquiera sintió la absoluta necesidad de confesarse.

El padre Julio me dijo:

—Esto no es un secreto de confesión, porque de hecho el Coronel nada más estaba descansando el alma. Los asesinatos que cometió se llevaron a cabo por órdenes superiores, y cuando el cumplimiento del deber lo justifica, el pecado se exime. Por tanto, si no hubo confesión, no puede haber violación a su secreto si le platico a usted lo que sigue a continuación.

Se quitó los anteojos que llevaba puestos y se colocó unos todavía más gruesos que hacían ver sus pupilas gigantescas. Abrió una libreta muy vieja, muy usada, con pastas forradas en piel completamente desgastadas y, acercándosela a la cara, comenzó a hojearla con parsimonia, hasta que se detuvo en una parte, la señaló con un índice no muy estable y me la extendió.

—Lea esto.

La caligrafía era estupenda, impecable, y la libreta limpia y ordenada; parecía que la habían escrito el día anterior. Solamente el orín en los bordes de las hojas delataba su antigüedad.

Leí con atención:

El Coronel es un hombre limpio. Quiere hacer algo para ayudar a la gente. Quiere sentirse bien.

Le he pedido que investigue si el Profesor es el verdadero asesino, y si no, que se dedique a buscar al culpable de los asesinatos. El C. Mendoza acepta.

—El Coronel le dedicó diez años a la investigación.

—¿Y encontró algo?

—Sí. Lo primero, aquello que todos nos temíamos: que el culpable era fabricado, y lo segundo, que estaba a punto de averiguar quién era el verdadero asesino, pero el helicóptero en que viajaba se desplomó en la sierra y él murió calcinado.

—Y los archivos, ¿se perdieron?

—El Coronel me reportaba por escrito mes a mes, durante los diez años que duró el asunto. Yo tengo una copia de esos archivos.

—¿Nunca supieron quién era?

—Hasta donde pudimos llegar, nuestro principal sospechoso era un agente de la CIA que asesoraba al secretario de Gobernación a finales de los años sesenta.

No daba crédito. Con esa información me parecía que sería sencillísimo encontrarlo, y así se lo hice saber al padre Julio.

—Sí, sólo que había muchos asesores de la CIA en México en aquel entonces, no uno.

—¿Me podría facilitar el expediente?

—No se lo voy a facilitar. Se lo voy a regalar. Verá usted: cuando empezó todo esto, desde que me despertó la sirvienta aquella nefanda mañana, tuve la sensación de que era una misión muy delicada que se me estaba encomendando. Después de la muerte del Coronel me obsesionaba con el expediente; en el fondo sabía que podría utilizarlo tarde o temprano. Y aquí está usted, así que el expediente es suyo.

—Esto hubiera enriquecido muchísimo el propio expediente del Profesor.

El padre se lamentó.

—No me imaginé que llevara un expediente.

—Ni hablar, como usted me ha dicho, todo y todos tenemos una misión y esto tenía que pasar.

XIX

Ya era tarde para ir al reclusorio a informar al Profesor de las buenas nuevas, así que tomé un taxi y me llevó a casa a ritmo de salsa bastante sabroso. Un poco fuerte el volumen tal vez, para mi gusto, pero la música era buena y cachondona.

Marcaida se había puesto hasta la madre de mota y había devorado una gran cantidad de comida chatarra. No estaba de humor para nada, así que no la molesté en manera alguna. Por fin decidió tomarse un bicarbonato, eructó varias veces y se fue a ver la tele.

No tenía nada en contra del uso de la mariguana. Yo mismo había sido muy aficionado durante muchos años; todo había comenzado como un experimento, a los dieciocho, cuando trabajaba reparando los cuerpos al lado de don Ángel. Un amigo me había sugerido escuchar a los Doors bajo los efectos de la mota, argumentando que los percibiría de una manera diferente, mucho más chingona.

Sólo que yo, aparte de Morrison y su banda, escogí aumentar mi percepción en *todo*.

Empezando con la Muerte.

La sensación de ver cadáveres abiertos, algunos muy dañados, mutilados, apachurrados, descompuestos, violetas, azules, negros, grises. Bajo los efectos de la mariguana los percibía en una dimensión diferente y profunda. Desde, de qué estamos hechos, cómo está todo de organizado en la increíble anatomía humana, hasta el análisis de la fragilísima contención de la vida en un cuerpo.

La mariguana me hizo entrar en un laberinto de creencias y miedos a una edad muy temprana. Al mismo tiempo, fue un catalizador que me ayudó a captar la vida más ampliamente y, sin duda ha sido una experiencia valiosísima.

Pero no me concretaba a sentir mis sensaciones aumentadas nada más en la funeraria. Para nada. Iba mariguano al cine, a conciertos, al teatro, a todas partes. Una simple caminata bajo los efectos del cannabis era todo un evento.

Sin embargo, como todo, después de una buena temporada de uso muy frecuente, terminó por aburrirme y me fastidiaba que me estaba poniendo panzón y ya me costaba trabajo respirar bien y hasta moverme. Al perder su virtud de panacea, perdió todos sus atributos y dejé de fumarla.

El hecho de que Marcaida hubiera cambiado el vodka por la mariguana se me hizo positivo. El alcohol me parece una droga peligrosísima. La destrucción que ocasiona a todos los niveles —moral, físico, económico y social— es realmente incuantificable, pero como hay mucho dinero de por medio y los medios se encargan de establecer lo que es bueno y lo que es malo, las leyes permiten un arma incontrolable como el alcohol, mientras prohíben y condenan algo relativamente inofensivo, como lo es la mariguana.

De cualquier manera, cuando comenzaban a bajársele los efectos, Marcaida devoraba todo lo que encontraba y, acostumbrada como estaba al ejercicio físico, al haber dejado de bailar y, comiendo tanta comida basura, había engordado bastante y eso la tenía más deprimida que de costumbre.

* * * * *

Me serví un buen trago y me acomodé para leer los expedientes que me había entregado el padre Julio.

Eran exactamente ciento trece fólderes, unidos en paquetes de doce cada uno, con ligas. El último atado solamente tenía cinco legajos. Cada fólder contenía una cantidad diferente de páginas, dependiendo cuánto hubiera por reportar.

Como buen militar, Mendoza consignaba las cosas como un parte, de manera parca y al grano. Cada página tenía la fecha del reporte, incluyendo el año y el número de días que llevaba en marcha la investigación.

Sería aburridísimo transcribir dicha información, así que solamente resumiré el proceso de la investigación y hasta dónde había llegado el militar antes de morir en el fatídico accidente del helicóptero.

Mendoza había comenzado la investigación en ceros. De hecho, no se había entrevistado una sola vez con el Profesor, porque éste estaba descartado como sospechoso desde un principio, así que, presuntamente, no poseía información alguna, más allá de la que escasamente habían proporcionado los diarios en la temporada de los sucesos. Mendoza incluso averiguó que el mentado testigo cuya descripción había llevado a la efectiva captura del Profesor, ni siquiera existía.

Pero el Coronel se había movido por todos lados, dentro de sus posibilidades. Tenía amigos en Inteligencia Militar y los había visitado, pero no le habían podido dedicar al tema la debida atención, ya que todavía se encontraban en estado de alerta y no podían descuidar sus obligaciones por un caso aislado. Sin embargo, cooperaron en sus horas libres y en los momentos disponibles. Si bien no habían encontrado nada por allí, uno de los amigos de Mendoza había escuchado una conversación en la que se mencionaba a un tipo peculiar, agente de la CIA, que asesinaba a diestra y siniestra a los detenidos en el campo militar.

Fue lo único que pudieron conseguir.

Mendoza guardó la información sin otorgarle mucha importancia. No tenía nada que ver un agente de la CIA que asesoraba a la Secretaría de Gobernación con un asesino callejero.

Movió otros hilos, pero en cuanto a las procuradurías de Justicia —tanto del D.F. como la General de la República—, habían cortado los lazos con los militares debido a infinidad de incidentes por cuestión de mando en los operativos de represión, así que no podía investigar por allí.

Cerca de Garibaldi conocía a un soplón que le vendía información a Inteligencia Militar.

No esperaba encontrar gran cosa; sin embargo, el Güijas le platicó —previo pago— que había escuchado que unos niños de la calle habían visto al asesino, pero que estaban tan pasados que no pudieron hacer nada. Ni ruido.

Entre todos habían juntado la suficiente conciencia como para describir al tipo: bien vestido, alto, rubio y con un corte de pelo en casquete corto. Nada más.

Esta información hizo a Mendoza entrevistarse con los dos oficiales que le habían recomendado en Inteligencia Militar. Ambos tenían menor rango que él, así que no fue difícil convencerlos de esforzarse por cooperar. Les informó sobre la investigación que estaba llevando a cabo y los interrogó al respecto. Uno de ellos no sabía prácticamente nada, pero el otro dijo que había trabajado al lado de un oficial de la CIA, muy joven, de unos veintitantos años. Muy loco. Había visto cómo asesinaba por menos de nada a muchos estudiantes.

—No a algunos. A muchos. Además, no le importaba lo que confesaran o no. Se notaba que lo único que quería era matarlos. Yo traté de intervenir dos veces, pero estos señores tienen carta blanca y, según esto, están entrenados y saben lo que hacen.

—¿Su nombre?

—Estos señores todos trabajan con una clave. Nunca dicen sus nombres. Son secretos. No hay fotos ni expedientes de ellos y se van como llegan.

—¿El nombre clave de este individuo?

—Mister Nails.

Cerré el fólder de golpe.

—¡Mister Nails! —repetí en voz alta.

De pronto empecé a sentir una euforia muy rica, mucho más allá de la producida por el whisky.

123

¡Allí estaba! Más claro, ni el agua. Nails significa uñas en inglés ¡Lo había resuelto! Había resuelto el enigma. ¡Increíble!

Pero, ¿de dónde iba a sacar información personal sobre Mister Nails? Sobre todo si no había fotos ni archivos y, obviamente, nadie en la CIA me iba a proporcionar sus datos; antes bien, al ponerme en contacto con ellos, automáticamente recopilarían los míos.

Calmé mi euforia con un vaso de whisky y seguí leyendo los reportes. Uno de 1976 describía cómo Mendoza había conseguido información en una revista especializada en ex miembros de la CIA, y ubicaba a Mister Nails en Camboya, trabajando nada menos que como asesor para el inolvidable Pol Pot.

Pero siempre lo mismo, no había fotografías.

Abrí internet y me pasé horas buscando alguna fotografía en la que hubiera un güero alto, pelón, muy fuerte, con mirada de loco; no había mucho que descartar, porque en ninguna de las fotos que encontré de Pol Pot había güero alguno.

Pensaba volver a la lectura, pero antes quise revisar cómo se sentía Marcaida y que estuviera bien cobijada.

Se encontraba bien. No podía dormir, estaba viendo una película. Eran las cuatro de la mañana. Los reportes del coronel Mendoza eran interesantísimos, pero hacía frío y al ver a Marcaida en la cama no pude pensar en un lugar más adecuado para acomodarme. Dejé a Mendoza por la paz aquella noche y me acosté al lado de mi mujer.

XX

Pasé toda la noche teniendo pesadillas: con agentes de la CIA, Mendoza, Porcayo, el padre Julio y, sobre todo, Marcaida.

Al despertar y verla, me sentí como un niño pequeño; hasta me dieron ganas de ponerme a llorar. Había soñado que desaparecía, que solamente había sido una ilusión. Por eso, cuando desperté y la vi a mi lado, sentí el alivio más grande del mundo.

Me dormí de nuevo, y al despertar, ya se había levantado y se miraba desnuda en el espejo de cuerpo entero de la habitación. De perfil, de frente, tres cuartos, se levantaba un poco la barriga, la dejaba caer, se tocaba una lonjita, luego otra. Se encapsulaba las bellísimas tetas en las manos en forma de copa y todo el tiempo hacía gestos de desagrado. Como si la persona en el espejo fuera su peor enemiga.

Me dirigí al baño y me detuvo en el trayecto.

—Mira nada más cómo me estoy poniendo.

—¿Cómo?

—Estoy hecha una cerda, ¿qué no ves?

—No. Yo te veo más guapa cada día y cada día te quiero más, y en cuanto a lo físico, para mi gusto todavía aguantas unos kilitos más y te vas a ver hermosísima. Tú eres la belleza andando, Marcaida. Si subes unos kilos, eres más bella.

Me miró poco convencida, pero se veía contenta.

—Es que aparte de lo gorda, no te imaginas qué mal me siento.

—Sí me imagino. Vivo contigo. Estás en medio de una depresión. A todos nos pasa en alguna etapa de la vida, y a otros en varias. La depresión es una enfermedad que trajo consigo la globalización. Es como la viruela que trajo Cortés. Era inevitable. Venía con el paquete.

Le expliqué someramente que con la llegada de internet, lo que se consiguió fue aproximar a la gente por medio de la comunicación interactiva. Esta aproximación trajo consigo una gran sensación de competencia en todo. En el pasado, un hombre tenía que competir con dos o tres de la aldea o el pueblo donde vivía. Hoy cualquiera tiene que vérselas con miles de millones de competidores, y eso trae consigo el aumento en la frecuencia e intensidad de la depresión.

—Yo no entiendo bien eso de la globalización. Pero sí entiendo que no tengo ganas de hacer nada.

—No hagas nada.

—No puedo estar así.

—Sí puedes. No te preocupes. No vas a estar así por mucho tiempo. Tu cuerpo y tu juventud te van a levantar un día, y ese día vas a decidir qué quieres hacer. Mientras tanto, aquí estás bien cuidada. Te quiero mucho y lo sabes muy bien.

Me acarició una mejilla con el dorso de su suave mano. Tenía los ojos llenos de lágrimas.

Como pudo, habló.

—Nunca me habían tratado así.

—¿Cómo?

—Bien.

Me acerqué por detrás y la abracé como aquel bendito día en el mercado. Tal vez su conversación era muy limitada, pero su compañía había iluminado mi casa y mi vida. Me di cuenta de que la quería cuando dejó de tener el cuerpo que me había cautivado en primera instancia, y al suceder esto, comprendí que incluso la quería más de esa manera. Sin tanta perfección. A veces me había llegado a dar miedo tocarle o apretarle ciertas partes del cuerpo, porque se veía demasiado frágil. Ahora estaba más a mi gusto. Se notaba más sólida, más mujer.

Marcaida se metió a bañar y yo aproveché para seguir leyendo los expedientes del coronel Mendoza.

Como buen militar, Mendoza era muy concreto en cuanto a funciones. No juzgaba actitudes ni emitía juicios u opiniones de ninguna clase. Se dedicaba a dar parte y eso era todo.

Sin embargo, a guisa de explicación para el padre Julio, había hecho una anotación sobre la CIA.

Explicaba que el hecho de tener una oficina de inteligencia, independiente de la policía federal y de la inteligencia militar, ya hablaba claramente del estado policiaco *per se* en que se convertirían los Estados Unidos después de devenir en súper potencia, al resultar la nación más beneficiada por el triunfo aliado en la Segunda Guerra Mundial.

Después de la guerra, Truman y sus secuaces idearon la manera de institucionalizar el espionaje que ya se llevaba a cabo de formas diversas, y fundó la infame "Compañía" en 1947.

Desde entonces, *The Central Intelligence Agency* ha sido el monstruo cultural de Norteamérica.

La CIA se ha visto directamente involucrada en cuestiones muy delicadas: asesinatos diversos contra jefes de estado, masacres, golpes de estado, sabotajes y otras lindezas por el estilo, incluyendo el asesinato de un presidente de Estados Unidos. No es de extrañar entonces que hubieran estado metidos hasta las narices en México durante los acontecimientos del 68.

Después mencionaba —lo que yo me temía— que los archivos de la gente *realmente cabrona* de la CIA no los puede ver prácticamente nadie.

Más adelante, el Coronel me dio una gran sorpresa, porque reportaba haber entablado relaciones personales con una secretaria de la Embajada Americana. La intención del Coronel era meramente táctica. Deseaba establecer una cabeza de playa dentro de la propia sede diplomática para conseguir información sobre Mister Nails.

El Coronel era un hombre casado, y por alguna razón no me lo imaginaba ligándose a una gringa, mucho menos de la embajada.

Miss G. —como se refería a ella Mendoza— había podido pasar ciertos blindajes de información. Siendo una persona de confianza, tenía acceso a oficinas y archivos restringidos para la mayoría del personal.

Miss G. había conseguido acceder a varios anuarios de la CIA clasificados, pero no había podido encontrar nada.

Abusando de su suerte, había solicitado información a la Central de Inteligencia en Langley, vía teletipo, firmando la solicitud con el nombre del secretario del embajador.

Pensé que Miss G. debía de haber estado muy enamorada de Mendoza. No me imaginaba a una norteamericana violando reglas, mucho menos en calidad de diplomática, en otro país.

El amor logra locuras inimaginables.

Después de un reporte del Coronel sin novedad —seguía saliendo con Miss G. socialmente y ella no había avanzado gran cosa en sus pesquisas—, venía otro en el que Mendoza reportaba la súbita "baja" de la secretaria, porque la habían encontrado en la tina de su casa, con el cráneo fracturado. Aparentemente se había resbalado.

En el siguiente reporte, Mendoza no mencionaba novedad alguna en la investigación.

Ese era el último reporte que recibió el padre Julio de manos de Mendoza. Estaba fechado unos días antes de su propio accidente —unas semanas después del resbalón de Miss G. en el baño de su casa.

XXI

Me retiré a dormir, lleno de fantasmas que me acechaban y amenazaban con un mal sueño, pero me acurruqué entre las reconfortantes tetas de Marcaida y todos los fantasmas se desvanecieron como por arte de magia.

Dormí de maravilla abrazado a ella. Marcaida era una mujer de la costa y como sabiamente había dicho Porcayo un día, allá hay menos presión, por tanto, se desarrolla más lo vivo. Marcaida se veía bien así. Desde luego, no era la diosa hermosísima —perfecta— que le bailaría a un faraón, pero a mí me encantaba de cualquier forma, aunque no descarto la freudiana idea de que me recordara a mi madre.

A media mañana, acomodé las hojas dentro de sus respectivos fólderes y me dirigí al reclusorio.

Decidí caminar un rato y tomar un taxi sobre la marcha.

De pronto empecé a pensar que hacía mucho tiempo que no me sentía tan feliz.

Afortunadamente ya habían pasado los años que yo llamo de ansiedad, o sea, la juventud. Ya no tenía tantas ínfulas ni ambiciones. Me había ido acostumbrando a envejecer.

Tenía conocidos de mi edad que compraban automóviles deportivos y se ponían vaqueros ajustados. Dejaban a sus esposas de muchos años y se casaban con jovencitas. Deseaban en el fondo ser jóvenes otra vez. Sólo que eso no es posible. Ni con mucho dinero.

La verdad, me daban lástima.

Para mi fortuna, yo no tenía necesidad de parecer joven. Me daba lo mismo, y jamás me hubiera hecho una cirugía estética. ¿Pintarme el cabello? ¡Por favor! No me pondría vaqueros y mucho menos ajustados.

Hay una edad para todo.

Desde luego, cuando veía a una mujer guapa siempre me llamaba la atención y, cuando iba acompañada, lejos de sentir envidia por el galán, me daba compasión. En aquel momento la estaba luciendo y era la envidia de todos, desde luego, pero a solas tendría que soportarle sus tonterías, cumplirle sus caprichos, tener que escuchar su inútil parloteo a todas horas, estar siempre al pendiente de sus caprichos. No, gracias. Uno no ve todo lo que hay detrás, solamente la apariencia, por eso —tal vez— somos envidiosos. Si supiéramos lo que viene incluido en el paquete, seguramente no envidiaríamos tanto y a tantos.

El caso de Marcaida era diferente. No tenía que llevarla a discotecas ni lugares ruidosos, propios de jóvenes. No tenía que impresionarla. Gracias a su depresión, era como una mujer ya madura, con muchos años de casada.

Extrañaba las charlas con Porcayo. Si bien el correo electrónico es un gran avance, no suple para nada la presencia del interlocutor. Porcayo jamás me preguntó cuál era mi relación con Marcaida. Era un tipo respetuoso y esa es una virtud no tan fácil de encontrar.

De pronto sentí frío y deseé estar en casa, al lado de Marcaida, viendo la tele, calientito.

No lo pensé dos veces. El Profesor podía esperar un poco más para tener en sus manos los archivos. En ese momento, nada importaba más que estar con ella.

XXII

Tomé el primer taxi que pasó. El chofer era un tipo que me llamó la atención desde un principio. Traía un sombrerito de fieltro y era un hombre viejo. Resultó ser extremadamente atento y la conversación recayó en sus dominios:

—Pues mire, Jefe: yo voy a cumplir sesenta y nueve años el mes que entra, y pues la verdad sí he vivido muy bien. No me puedo quejar. ¿Que he tomado? Sí, señor, he tomado. ¿Que he fumado? Sí, Señor, he fumado y he sido parrandero y no mucho, pero también jugador. Pero todo eso, a su debido tiempo y edad, Señor. Hoy por hoy, ya dejé todos los vicios. Bueno, casi todos. El único que no he podido —ni quiero— dejar son las mujeres. Por esa razón me tiene usted trabajando a esta edad. Pero no se imagina. Tengo ahorita una mujercita de veinticinco años que es una maravilla.

—No me diga.

—Pues sí le digo. Si no fuera por ella, yo estaría ahorita viviendo a'i de arrimado con alguna de mis hijas, pero aquí ando, chambeándole. No cabe duda de que la mujer es la mejor motivación del mundo.

—¿Hace mucho que vive con ella?

—Vamos a cumplir el año, Señor. No, ya sabe, al principio mis hijos se pusieron como locos, que si nomás te va a estafar, que si nomás te va a ver la cara, que si es más chica que una de tus nietas. Ya sabe, la familia siempre tratando dizque de ayudar y pues a veces nomás la riegan.

—Ya lo creo. Y ella, ¿a qué se dedica?

—Bueno, ella es maestra. Digamos que ese es su título y lo tiene y todo, pero nunca ha ejercido y pues le digo que yo la mantengo ahorita.

—¿Y está todo el día sola?

El viejo rió socarronamente.

—Uy, mi Jefe. No se crea que yo me chupo el dedo. Es una mujer joven. Tiene sus necesidades y pus tiene todo el día para hacer sus cosas. Yo cuando regreso a la casa de usted, todo está limpio y bien arregladito, la cena está lista, y en la cama me calienta mucho. No me refiero a sexo. Me refiero al frío. Siempre es bueno dormir con alguien calientito. Eso sí. Ya le dije que no quiero que me la vayan a embarazar.

—¡Vaya! Es difícil encontrarse con un hombre de tan amplio criterio.

—Pues es mejor eso del criterio a que digan que uno es un pendejo que no se da cuenta de las cosas. Y acuérdese del dicho ese que dice: "Un hogar sin sancho es como un jardín sin rosas."

XXIII

El taxista me hizo considerar que yo *también* tenía en casa a una mujer joven *con necesidades*.

A medida que me acercaba a casa, me imaginé qué sentiría si un día —tal vez como en ese momento— regresaba de improviso y encontraba a Marcaida encuerada, con un garañón de su edad metiéndole la reata como dios manda.

A *mi* Gordita.

A *mis* costillas.

En *mi* casa.

En *mi* propia cama.

Tal vez siguiendo la tónica de mis pensamientos, abrí la puerta de la casa con sumo cuidado.

En la parte de arriba se escuchaba el sonido del televisor, pero imaginé qué sucedería si en vez de esos ruidos hubiera escuchado la sinfonía inconfundible de una pareja haciendo el amor.

¿Qué sucedería si escuchara los gemidos de Marcaida aumentando de intensidad?

¿Qué pasaría si la escuchara ronroneando, casi loca de tan excitada?

¿Qué iba a hacer?

¿Entrar?

¿Sorprenderlos?

No.

Bajaría las escaleras sin hacer ruido y me serviría un trago. Preferiría esperar a que terminaran y bajaran para aclarar las cosas.

¿Aclarar *qué*?

Tal vez lo mejor sería terminar mi trago, marcharme y volver después. Tal vez y hasta prevenir a Marcaida antes, con un telefonazo, para no apenarla y mucho menos frente a su galán.

Recordé al taxista viejo y pensé que yo también podría acostumbrarme a tener a Marcaida aunque fuera en las noches, para dormir —efectivamente— bien calientito.

Me serví otro whisky y arriba sonaba el ruido de la televisión.

Me conformaría con tener a Marcaida en casa. Tal vez, con el tiempo, le pediría que por favor no me la fueran a embarazar, o quizás ni eso. No, mejor no. Ni eso. No le pediría nada. Me dedicaría a mimarla para que se quedara a mi lado el mayor tiempo posible.

Me entró una angustia enorme ante la perspectiva de no verla más, y creo que en ese instante la amé como nunca antes había amado nada ni a nadie. No me importaba poseerla o considerarla mía. Me conformaría con su compañía. Con su calor de mujer. Si Marcaida se iba de mi vida, se llevaría con ella el único calor de hogar que había conocido —que *ambos* habíamos conocido.

Estaba tan clavado en mis pensamientos que no la oí bajar las escaleras, y de pronto me sorprendió justo tras de mí.

Marcaida llevaba un pijama mío que le quedaba bastante holgado y tenía la cara hinchada de sueño.

No se sorprendió gran cosa al verme.

—¿No fuiste al reclusorio?

—¿Eh? No, no fui. Hace frío. Quería estar contigo.

Se acercó y me abrazó y me dio un gran beso en la boca y luego me dijo al oído:

—Te amo.

En ese momento la aprecié más que a nada.

—Te amo más que nunca, Muñeca.

—Yo también, y qué bueno que regresastes porque van a pasar una película bien padre.

Nos pasamos el resto del día en la cama.

Esa tarde, por primera vez en toda mi vida, no tuve en ningún momento la sensación de estar perdiendo el tiempo.

XXIV

Al día siguiente llegué al reclusorio y me entrevisté con el Profesor, pero lo encontré de muy mal humor. Tenía diarrea.

—Todo por comerme un pastel que hizo una de mis viejas. Le pone como un pinche kilo de mantequilla, y luego, pus a cagar y no hay pa' dónde hacerse.

Al principio, no concebía cómo un hombre que ha pasado más tiempo dentro que fuera pudiera tener la cantidad de mujeres de las que disponía el Profesor. Sin embargo, poco a poco me fui enterando de las condiciones de las visitas, los actos sociales dentro del reclusorio, las convivencias y demás actividades dentro del penal. El Profesor debe haberles resultado muy interesante a muchas de las visitantes, parientes o amigas de los reclusos. Sin embargo, era un hombre responsable y se había cuidado de no embarazar a ninguna, y nada más había conservado a sus dos hijas, producto de su matrimonio original.

Se puso muy contento cuando vio los legajos. Parecía que no podía creerlo.

—Es una lástima que usted no haya sabido antes sobre el padre Julio, o viceversa —observé.

El Profesor no respondió y siguió revisando los papeles. No insistí y guardé silencio, mirando cómo iba descubriendo cosas y hacía gestos y expresiones involuntarias de asombro, sorpresa, o bien, confirmación.

Al cabo de unos diez minutos, se volvió y me dijo, muy animado:

—Me acaba usted de curar la diarrea.

Pensaba que el Profesor se iba a lamentar de no haber tenido a su alcance aquella información desde antes, pero no fue así.

—Nunca es tarde. Por alguna razón que ignoramos suceden las cosas. Créame que he tenido mucho tiempo para pensar en el asunto. Por ejemplo, no se imagina la cantidad de veces que le di vueltas a cada parte de mi caso. Por ejemplo, si en vez de un Volkswagen hubiera tenido otro automóvil, nada de esto hubiera pasado. O peor aún, que el coche no hubiera sido blanco. Esa nimiedad hubiera bastado para cambiar mi destino. Sin embargo, a medida que pasaba el tiempo me fui dando cuenta de que solamente estaba tratando de levantar un muerto. El pasado no existe. Es una referencia solamente, no una vivencia. Por otra parte, hace unos años llegué a la sabia conclusión de que nada sucede fuera de tiempo ni de lugar, por más que nos empeñemos en tratar de reescribir el pasado y planear el futuro. Las cosas suceden porque tienen que ser. O, al menos, esa es mi opinión.

Ni modo de decirle que me parecía bastante fatalista. Llevaba treinta y cinco años en la cárcel por un crimen que no había cometido. Tenía todo el derecho de apegarse a la fatalidad.

—Usted me llegó como caído del cielo.

—Gracias, Profesor. Usted también; puede creerme.

—Desde el día que lo vi llegar con el Viagras me cayó bien.

—Usted también.

—Ahora, por lo menos, si me muero o me pasa algo, usted está al tanto y puede seguir con el asunto. En otras palabras: ya me puedo morir tranquilo.

Me sentí muy halagado. El Profesor ha sido una de las personas que más respeto me han inspirado a lo largo de mi vida, y es muy grato sentir verdadero respeto por alguien. El hecho de que me designara como una especie de heredero era un verdadero honor.

El Profesor entonces hizo venir a un sujeto muy interesante. Alto, desgarbado, lento y con un gran carisma.

—Déjeme presentarle al Copias.

El Copias me observó unos segundos y luego me estrechó la mano, volviéndola a meter a su chamarra reglamentaria.

—Te voy a pedir que me saques copias de estos archivos.

—Claro que sí, Profesor.

—Habla con Chelita y dile por favor que me urgen un poco, porque se tienen que llevar los originales.

—Claro que sí, Profesor.

El Copias salió cargando todos los fólderes.

—El Copias es buena onda, lo que pasa es que resultó como la burra: no era arisco, los palos lo volvieron. Era el mejor alumno de su clase en la facultad de Arquitectura, y unos pelados se la anduvieron haciendo cardiaca, hasta que un día ya no aguantó y mató a tres de ellos. A golpes. Desde mi punto de vista, tal vez necesitaría un poco de ayuda siquiátrica, pero la Justicia Mexicana —que no la Ley— lo consideró incluso homicidio con agravantes y le echó cuarenta años. Lleva cinco. Ya está mucho mejor. El primer año se lo pasó completo sin hablar una sola palabra con nadie.

Esas historias le partían a uno la madre, pero también, al salir de allí, se apreciaban mejor las cosas, como el hecho de poder caminar libremente o tomar un taxi o tomarse un trago. Esas personas me enseñaban cada vez más, sin proponérselo.

Mientras el Copias regresaba, el Profesor me preguntó cómo estaba.

—Bien. Muy bien.

—¿No extraña la funeraria?

—Para nada. Creo que allí tuve la gran oportunidad de aprender todo lo relacionado con la Muerte, y ahora estoy empezando a aprender lo referente a la Vida.

—Me puedo imaginar que de tanto ver muertos, uno llega a conclusiones más profundas que el resto de la gente.

—No se crea. Tuve un embalsamador que comía tortas de queso de puerco y escuchaba música de cumbia mientras trabajaba los cuerpos. Nunca me pareció muy interesado en la filosofía de la Muerte.

—Me refería a usted.

—Sí, Profesor. Algún día le platicaré las conclusiones a las que he llegado.

El Profesor me dio una afectuosa palmadita en el hombro.

—Estaré muy interesado.

Salí del reclusorio cargado de papeles, ya que el Profesor me había obsequiado una copia fotostática de su propio expediente, que no era tan voluminoso como me lo había imaginado, pero como bien me había explicado:

—En un principio guardaba todo lo que llegaba a mis manos: periódicos, artículos, fotografías, lo que fuera. Poco a poco me fui deshaciendo de lo que no tenía importancia y solamente servía para alimentar mi odio y mis rencores, así que no quedó mucho. Ojalá que podamos llegar a algo con lo que tenemos.

XXV

La temperatura bajó sensiblemente y el cuerpo me ordenó permanecer en casa durante varios días, tirando la güeva descaradamente. Ni siquiera me vestía, me quedaba todo el tiempo en pijama, en compañía de Marcaida. Mientras ella miraba sus películas, yo me metía en internet a ver qué podía pescar.

No se trataba de otra cosa: en realidad, era muy remoto que pudiera encontrar algo de utilidad en aquel océano de información, pero sería más remoto aún si no lo intentaba.

Mientras navegaba por la web, pensaba que —para empezar— la internet —o el internet, como se desee— había traído consigo una revolución absoluta: términos nuevos, expresiones abstractas, una nueva manera de buscar cualquier cosa y, desde luego, una nueva forma de pensar y de vivir. Hasta hace poco se visitaba una hemeroteca, una biblioteca, tal vez un museo, o bien se tenía que consultar infinidad de libros para encontrar el tema deseado. Internet cambió todo. Se trata, sin duda, del invento más relevante de la historia. La diversidad y calidad de la información que pone a disposición de cualquiera es apabullante. No tiene límites. Lo mismo se puede ver una fotografía de Saturno tomada por el Voyager que una modelo porno. Se puede encontrar información sobre cualquier tema, por ejemplo, cómo fabricar una bomba atómica o cómo hacer que una sandía crezca por encima de los veinte kilos. Todo está allí, al alcance de la mano y de la vista. Uno no necesita salir de casa para resolver su vida a través de internet: prácticamente todo el conocimiento humano disponible, al alcance de todos.

En fin, yo me estuve metiendo en un sitio tras otro, tras otro, y luego a un vínculo de ese sitio y luego a otro posterior y al anterior y al siguiente. Uno puede pasarse horas —sin darse cuenta— frente a la pantalla de una computadora, buscando información en la web, pero a mí me atacaba la *weba* después de un rato y, entre pesca y pesca, pescaba una pequeña borrachera en las tardes. Marcaida había cambiado sus tranquilizantes y la mariguana por vodka, y parecía sentarle mejor. Por lo menos no le daba hambre como con la hierba; no engordaba y, en consecuencia, se deprimía mucho menos.

—El único pedo del alcohol es que una no es rica, ¿a poco no?

—¿A qué te refieres?

—Sí, mira: si una es rica, puede empedarse todo lo que quiera. Tiene chofer que la lleve y la traiga; guaruras que la cuiden de no hacer pendejadas o de ser violada; sirvientas que la acuesten y al día siguiente que le preparen sus chilaquiles o una birria; hasta que la bañen, si quiere. No, pus así no hay pedo. Pero a ver: empédate y levántate a chambear al día siguiente o a la noche siguiente o como quieras. Toda jodida, madreada, gastada, dada a la chingada. Entonces, el problema no es el chupe, sino la lana, ¿a poco no?

—Sí, tienes razón. Y aparte, cuando tienes lana, nadie te ve como un borracho; todo lo contrario, eres un tipo ocurrente y divertido, y por supuesto, un extraordinario narrador de anécdotas.

Uno de esos días caí en la cuenta de algo muy agradable, y era el hecho de descubrir que, aparte de todo, Marcaida me caía bien. Su personalidad me agradaba cada día más. Perdió unos kilos al dejar la mariguana y estaba hermosísima. Me agradaba mucho su manera de ser. Sus modos de niña cabrona.

Por otro lado, como yo no tenía hijos, muchas veces la veía precisamente como eso, como una hija, como una mujer joven que necesita un padre.

Y así, poco a poco, los lazos que me unían con Marcaida se fueron extendiendo y fortaleciendo. Pronto fue mi amante, mi madre, mi hija y mi amiga.

Pensando en la manera de aliviar su depresión, se me ocurrió un día:

—¿Te gustaría estudiar?

—No sé. Yo creo que sí. Pero con trabajos sé, leer y escribir, y tengo una ortografía de la chingada.

—Muy bien. Voy a conseguirte una persona que te haga pasar pronto un examen de primaria.

—¿En serio?

—Muy en serio. En cuanto se pase el frío. Pero además, no te vayas a sentir comprometida conmigo. Si después no te gusta o no quieres continuar, no importa. Lo que importa es que veamos salidas para que te sientas mejor.

Tal vez Freud hubiera concluido que todo era una trampa que mi subconsciente le tendía a Marcaida, pues si la enviciaba con los estudios y la buena vida a mi lado, la tendría atrapada. A mi merced.

Y seguramente tendría razón.

Una mañana, cuando menos me lo esperaba, pesqué en la web algo sumamente interesante, de manera por completo accidental.

Había estado leyendo las noticias en la página de mi buscador, y al leer una sobre Iraq, hice clic en *more* y entonces apareció un reportaje sobre la entrevista realizada a un alto operador de la CIA. Me llamó mucho la atención su fotografía en la pantalla. No parecía un burdo agente de la CIA. Se notaba distinguido, cálido y *humano*. Sus ojos azules transmitían cierta clase de paz, de tranquilidad.

Mister Snail declaraba que la CIA estaba facultada para sabotear y desestabilizar cualquier programa nuclear del enemigo, en cualquier parte del planeta, sin importar fronteras ni jurisdicciones.

Nada nuevo, si nos atenemos a los hechos, pero aquellos amagos no coincidían con el rostro del hombre en la fotografía del reportaje.

Snail no especificaba quién era el enemigo.

Amplifiqué la fotografía y la imprimí. Quedó bastante nítida.

La estuve observando durante varios minutos, mientras repetía en mi cerebro el juego de palabras: Snail, Nails.

Snail.

Nails.

¿Podría ser?

¿Así de fácil?

Aunque estaba casi nevando y Marcaida había andado deambulando semidesnuda en mi habitación toda la mañana, me levanté, me higienicé y salí raudo al reclusorio.

Debido a su arquitectura —o, mejor aún, a la franca ausencia de ésta—, la gran mayoría de los reclusorios son helados en invierno y calientes en verano. Tal vez las autoridades lo hagan a propósito —conciente o inconscientemente— para llevar a cabo la purga completa. Sin embargo, hay tal hacinamiento que en la época de frío los dormitorios tienen hasta ocho o diez grados más de temperatura ambiente que en el exterior.

Resultó agradable llegar a un lugar caliente. Además, el Copias andaba por allí y, sin que yo se lo pidiera, me trajo una taza de café y un tequila, mientras me instalaba frente al Profesor y le explicaba lo que había encontrado.

Snail había sido jefe de operaciones contra el cártel del Pacífico y tenía su base en El Paso. La CIA tenía gran interés en los narcos, sobre todo porque juntos trabajaban con eficacia, como lo habían demostrado profusamente con el asuntillo Irán-Contras, por mencionar alguno.

Y Snail vivía en El Paso.

A tiro de piedra de Juárez.

—Hay que investigar si pudiera ser él —sugirió el Profesor, muy emocionado.

—Hay que contratar a alguien que lo vigile.

—¡Uy! No, mi amigo. Eso casi siempre es peor. Luego el que uno contrata se te voltea y empieza a chismear por el otro lado. No. Eso es muy riesgoso. Tiene que ser alguien de absoluta confianza.

—Creo que conozco a la persona que nos puede ayudar.

—¿Sí? ¿Quién?

—¿Le he platicado que tengo un amigo que es un narco decente?

XXVI

Decidí llamar a mi amigo Narco y plantearle el problema, pero me informaron que estaba en un ashram cerca de Nueva York y que no regresaría hasta la semana siguiente.

Así que otra vez me estuve metiendo alternativamente tanto a internet como a Marcaida.

Gracias a Marcaida, empecé a tener paciencia con las películas y los programas de televisión. Antes de llegar ella a mi vida, podía rotar varias veces todos los canales del control remoto y casi nunca encontraba algo digno de verse.

En cambio, el sentido del humor de Marcaida, primario, infantil, volvía divertida casi cualquier programación.

Se reía como si fuera una chiquilla a la que están haciendo cosquillas.

Frecuentemente se atacaba de risa y yo me contagiaba de su entusiasmo.

También descubrí algo que parecerá nimio, pero para mí no lo era. Entendí que la risa es un invento genial.

Por razones propias del trabajo y de mi carácter, durante mi vida no había tenido mucho de qué reírme.

Cierto que no faltan los empleados que lucen el ingenio único del mexicano, pero debido a la seriedad con la que siempre tomé las cosas, no compartían todas sus bromas o sus chistoretes conmigo. Por lo demás, yo había medrado en medio de la muerte, la tristeza y el llanto. Ahora descubría lo increíblemente agradable que era reír a carcajadas y además, por nada, por una aparente tontería.

Cada día me gustaba más estar en su compañía.

Ya no habría comprendido la casa sin ella —y sin el sonido de la televisión a todas horas.

Me sentía cada día más feliz y afortunado. Unos meses atrás era prácticamente un anciano, y ahora me sentía rejuvenecido. No de veinte o treinta —quizás ni de cuarenta—, pero sí —al menos— de cincuenta y tres, que eran los que tenía.

El domingo por la tarde llamó mi amigo Narco Decente.

—Recibí su recado. ¿En qué puedo servirle?

—Me veo obligado a robarle unos minutos de su tiempo.

—Claro que sí.

—En persona.

—Desde luego. Véngase ahorita mismo y platicamos.

Me dio el domicilio donde me habían tenido semi secuestrado en nuestro primer encuentro y me trasladé en un taxi sin mayor problema. El taxista que me tocó se metió por una serie de atajos y calles que yo ni me imaginaba que existieran. Además, parecía que iba contra el taxímetro y no a favor de él, así que, sin palabra de por medio, me llevó a San Ángel en un abrir y cerrar de ojos.

Toqué tímidamente a la puerta y apareció Castor.

—Buenas tardes, Jefe, pásele. El Patrón lo está esperando.

—¿Cómo has estado, Castor?

—Muy bien, gracias, Jefe.

—¿Y tu señora?

—También muy bien, ya sabe, en el negocio de los rosarios, y parece que ahora va a vender también unas biblias italianas que están bien chidas, lo que sea de cada quien.

—Me apartas una, y por favor, escógeme tres rosarios para ahorita que salga.

—Como no, Jefe.

Llegamos a la sala donde tuvo lugar nuestra primera entrevista. Mi amigo ya estaba allí, de pie, con un globo coñaquero —muy bien servido— en su mano.

Me saludó afablemente y, sin pedírselo, me sirvió lo mismo.

—Este me lo traen de Francia. Solamente producen unas cuantas cajas al año.

—Está excelente.

—Sí. ¿Se ha fijado que los coñacs comerciales saben como a plástico?

—¿De veras?

—Sí, bastante. En cambio, esto es otra cosa.

Guardamos silencio unos segundos, y luego dijo:

—No deseo apresurarlo, pero quiero ir a misa de siete. Bueno, en realidad no practico el rito, ni mucho menos; ni siquiera creo en la iglesia, el papa y esas cosas. Para nada. Pero me gusta mucho escuchar los evangelios. No deja uno de aprender con ellos. Me ponen a reflexionar y, si bien no creo en la misa, la reflexión se agudiza en el ambiente solemne, acústico y aromático del templo. Alguien me platicó alguna vez que, efectivamente, ir mucho a la iglesia cura ciertas enfermedades. Esta persona me dijo que existía un estudio en el que se comprobaba que al estar encendidas tantas velas y veladoras todo el tiempo, literalmente queman el aire y lo purifican. Quién sabe. Pero volviendo a lo nuestro...

—Sí, por supuesto. Bueno, pues la cuestión es que...

Después de platicarle todo el asunto, el Narco Decente sirvió a ambos más coñac, y luego de aplicarle un buen sorbo al suyo, comenzó a hablar.

—¡Qué cosas! Espiar a un pinche gringo. Hace poco tiempo, hubiera yo ido por él y lo hubiera torturado y balaceado personalmente —y digo balaceado en serio—, aunque no se tratara del culpable; todavía mejor si no lo fuera. De todas maneras me lo habría chingado, por gringo, por ser de la CIA y por pendejo y por ser presunto asesino de niños y culero.

Suspiró profundamente, y hundiendo la mirada en el fondo de la copa, continuó con tono melancólico.

—Ahora, en cambio, ni siquiera puedo ofrecerle un gatillero. Me traería muchos karmas. Sin embargo, le puedo conseguir quien haga el trabajo de espionaje. Déjemelo a mí. Pero eso sí, una vez que lo encuentren, si hay que tronarlo, yo no le entro. No es mi bisnes. Yo guardo mis karmas para cuando son absolutamente indispensables. Trate de comprenderme.

Estuve de acuerdo y sirvió más coñac. Ya eran casi las siete y se lo hice notar delicadamente, a lo cual contestó:

—La iglesia está aquí cerca; además, el evangelio comienza hasta las siete y cuarto, más o menos. Tenemos unos minutos y quiero compartir algo con usted.

—Desde luego.

Se sentó junto a mí y miró hacia el frente unos segundos, sin ver nada. De pronto, suspiró profundo y luego habló.

—Acabo de tener una de las experiencias más interesantes de mi vida. ¿Ha estado alguna vez en un ashram?

—No.

—Bueno, haga de cuenta que es una especie de monasterio. Nada más que en el que acabo de estar, no tiene madre. De súper lujo, cinco estrellas, para que me entienda. Y ahorita, nevando, no tiene usted una idea de cómo puede uno meditar y profundizar en el Ser, rodeado de un ambiente tan favorable, tan pacífico, tan... ¡Chingón!

—Ya me imagino —repliqué, tímidamente.

Mi amigo me miró unos segundos, con mucha paciencia, y preguntó:

—¿Usted medita?

—No.

—No es por nada, pero se lo aconsejo. No se crea, yo también era un cabrón incrédulo del carajo, pero poco a poco he ido comprobando ciertas cosas que me han ayudado a cambiar el puto calvario que era mi vida.

Asentí suavemente, sosteniéndole la mirada.

—El día que quiera ir al ashram, avíseme. Aquí en México hay uno también, aunque nada comparado con el de gringolandia —ya sabe cómo hacen todo los cabrones gabachos—, pero de todas maneras piénselo. No pierde nada, y cuando quiera darse una vuelta, ya le digo, avíseme y vamos juntos. Yo lo presento. A mí ya me conocen.

—Muy bien.

—Mire, cuando uno medita, se pone en contacto con el ser interior, con la Luz, porque aunque muchos lo ignoran, la luz no viaja de afuera hacia adentro, sino exactamente al contrario. Por ejemplo, dígame, ¿de dónde vienen sus pensamientos, sus ideas? ¿De afuera o de adentro?

—De adentro.

—¿De dónde vienen los sentimientos, como el cabrón odio, o el pinche rencor de mierda, por ejemplo? ¿De dónde?

—De adentro.

—Ahí tiene. Cuando yo me di cuenta de que todo lo importante venía de adentro, me empecé a sentir mejor y a descubrir que la solución estaba en mí y sólo en mí. En fin, el camino es largo, pero lo importante es que una vez que uno se ha dado cuenta de que existe una opción, de que uno puede elegir de nuevo, la esperanza crece y la confianza en la vida aumenta. Puede creerme.

—Le creo.

Le dio un trago a su coñac, observándome, como si evaluara si en verdad le creía o no. Puse cara de inocente, de que le creía todo lo que había dicho. No sabría decir si lo convencí, pero finalmente suspiró y luego dijo:

—En fin, en cuanto a lo de su gringo, no se preocupe, en unos días le tengo toda la información que necesite. Yo lo llamo.

—Claro que sí. ¿Cómo está su tía?

—Pues yo creo que bien. La última vez que la vi, se chupó casi completa una botella de tequila ella sola.

—¡Qué bueno! Cualquier cosa con ella, por favor avíseme para atender el asunto personalmente.

—¡Qué amable! No cabe duda, el que siembra cosecha. Dígame, mi amigo, mi compañero de viaje —porque, según el Tao, la vida es eso, un viaje—, dígame, ¿no sería maravilloso que hoy en la iglesia dijeran la "Parábola del divino sembrador"? ¿No sería eso el colmo del Sincrodestino?

—Estoy convencido que así sería. Sí —aseguré, convencido de que no entendía una chingada de lo que me había dicho.

XXVII

Conseguí una maestra para Marcaida. La encontré en una oferta de empleo en internet: "Se regularizan alumnos de primaria y secundaria. Maestra Cadena, tel…"

Llamé a la maestra Cadena y concertamos una cita en mi casa. Deseaba verla primero. La voz al teléfono sonaba gangosa, y me imaginé a una señora histérica de unos sesenta o setenta años. Sin embargo, nada más alejado del prejuicio. Tenía unos veintiocho o treinta años, era rubia y tenía ojos azules, pero era muy sosa, excepto de la cintura para abajo, donde se ampliaba en un juego de cachondas y enormes caderas, y traía todo el equipo cubierto con pantimedias azules y una falda por encima de la rodilla. Los taconcitos acentuaban la libido de sus largas y bien formadas pantorrillas.

Debo aclarar de una vez que la maestra Cadena me encantó. Me la imaginé encuerada con sus grandes nalgas bien abiertas, mostrándomelo todo.

Pero como estaba de por medio Marcaida, me concentré en el historial académico de la Maestra. Me convenció rápidamente y luego hablamos de sus honorarios:

—Como son clases a domicilio, le voy a cobrar doscientos pesos la hora, porque tengo que pagar mis gastos y mi transporte.

—Marcaida es una mujer muy lista, tiene veintidós años. ¿En cuánto tiempo la puede poner en orden para pasar sin falla un examen de primaria?

—Con una clase diaria, unos seis meses.

Saqué las cuentas con rapidez, intentando no distraerme con los muslos enormes y cachondos de la maestra, que había cruzado la pierna exageradamente.

—Entre unas cosas y otras, son como cien horas.

—¿Sí?

—Más o menos. Así que mejor le voy a proponer algo. Para que la alumna no se desespere o se aburra, póngala en orden en dos meses. Usted vea cómo le hace. Yo le pago los seis meses completos. Hágalo en dos y estará ganando el triple y hasta más, porque son menos gastos y menos transporte.

La Maestra pareció aplicar en su cerebro las matemáticas que enseñaba y al final aceptó, pero no muy convencida.

Cerramos el trato estrechándonos la mano y se puso de pie, dejándome ver la totalidad de los muslos ardientes de soltera caliente.

A partir de entonces, aprovechaba que Marcaida estaba —digamos— en la escuela, para dedicarme a otros menesteres. Estar con ambas mujeres en la misma casa me ponía muy caliente y muy nervioso. El enorme trasero y los muslos deliciosos de la Cadena me tenían pendejo, y cada vez que la veía me gustaba más.

Un día llegó un poco más temprano y Marcaida se estaba vistiendo. Traía unos pantalones de gabardina color beige, ceñidos, y lucía descaradamente sus enormes y sensuales caderas. La gabardina se le pegaba muy bien a la cintura y caía suelta hacia abajo. Me percaté de que traía pantaletas grandes, pues se le marcaban notablemente, y controlado por la libido, hipnotizado por la voluptuosidad de la mujer, me atreví a decirle:

—Yo creo que esos pantalones te lucirían mucho mejor si te pusieras unos calzones chiquitos en lugar de las pantaletas que traes. Te garantizo que te vas a ver diez veces mejor.

Reaccionó coquetamente.

La semana siguiente llegó cuando Marcaida se estaba bañando y llevaba los mismos pantalones.

Me hizo notar que había seguido mi consejo.

—¿No me veo muy gorda?

—Te ves perfecta. Luces todos tus encantos. Parece que no traes nada debajo.

—Pues es que casi no traigo nada.

—Estás tan guapa que aguantas no traer nada, ni siquiera los calzoncitos que traes ahorita. Una mujer que tiene lo que tú, debe presumirlo.

—¿Tú crees?

Si Marcaida no hubiera salido del baño en ese momento, seguramente hubiéramos comenzado una complicada relación, plenamente sexual.

A partir de aquel día, me había alejado lo más posible de la tentación. No soy hombre de sacrificios, pero si mezclaba el sexo con la educación de Marcaida, nada saldría bien. Antes de que la maestra llegara, yo desaparecía y volvía después de su partida.

—¿Cómo vas con la escuela?

—Muy bien. Ya sabía casi todo lo que me está enseñando la gorda. Lo que si no sabía nada de nada era de ortografía y de geografía. Las tablas y eso las aprendí antes de nacer. Cuando andas de puta aprendes a sacar las cuentas bien rápido o te lleva la chingada. Si cobras cien pesos, sesenta son para el padrote, veinte para vigilancia y policía y protección, y te quedan como quince o veinte pesos, para que me entiendas, así que si quieres sacar más, como las cuotas son fijas, tienes que hacer las cuentas rápido.

No me imaginaba tales cosas.

Porcayo me llamó y me avisó que venía a la ciudad. Nos juntamos para comer en un restaurante del centro.

Vestía un traje azul, muy elegante. No parecía para nada un sacerdote y se veía bronceado y saludable. Hasta se veía más alto. Le había caído bien estar al nivel del mar.

—Y al nivel de las circunstancias, mi amigo. Nomás llegué y organicé la primera comunión de las hijas del cacique del pueblo. Ya te imaginarás cómo me los eché a todos a la bolsa. De entrada, tuve que confesar a las escuinclas, y no te imaginas qué rápido van también las niñas de provincia. Antes era fácil encontrarte una virgencita de unos diecisiete o dieciocho años. Ahora, si acaso, una de quince o dieciséis, medio despistada, porque entre la tele e internet, vamos hechos la chingada. La cuestión es… ¿hacia dónde?

—¿Y qué tal el ambiente por allá? ¿Cómo anda la cosa?

—En general, bien, porque es un sitio rico, pero en la sierra se los está llevando la chingada, literalmente. El campo mexicano está en la más absoluta bancarrota. Por supuesto, no me refiero a los ranchos de los ricos; esos están mejor que nunca, pero los campesinos en general están peor que antes de la revolución. Lo digo en serio.

Como vi que se alteraba, no hablamos más de política —ni religión— y mejor lo puse al tanto de mis investigaciones y de los archivos conseguidos con el padre Julio.

—Uno de los sacerdotes más solidarios y cristianos que he conocido –aseguró Porcayo.

—Sí, lo sé.

—Te mandé con él porque sabía lo de las niñas encontradas afuera de su parroquia. Dicen que se quedó canoso en el transcurso de aquella mañana. El ministerio público estaba muy ocupado elaborando actas en la plaza de las Tres Culturas y tardaron todo el día en llegar a levantar los cadáveres. Para un hombre con la sensibilidad del padre Julio, aquello fue demasiado.

—Me sirvió de mucho. Sin él no hubiéramos llegado a nada. El Profesor está feliz y ya tengo a una persona vigilando a Nails.

—¡Vaya! Te felicito, pero me tomé la molestia de venir a la ciudad porque te quiero proponer un negociazo. Nomás préstame atención unos minutos.

Efectivamente, se trataba de un negocio redondo. Como ya se aproximaba el visto bueno del Congreso para la legalización de salones de juego y casinos, la iglesia desde ahora estaba tomando sus providencias para acaparar bingos, loterías y rifas varias, así que Porcayo ya se había asociado con el presidente municipal y el cacique del pueblo para poner un casino en la parroquia, donde se irían a "mitas".

—Te estoy hablando de un salón de juegos en forma. La transa es que va a estar en terrenos de la parroquia, aunque no le va a pertenecer oficialmente. Es un desmadre, pero ya tenemos al mejor abogado trabajando en el asunto y dice que no hay problema, que se puede arreglar todo legalmente, sin mordidas ni nada.

—¿Y dónde entro yo?

—Tú entras con tu nombre. Comprenderás que mis socios y un servidor no deseamos que nos relacionen con el negocio, así que se necesita un representante de absoluta confianza y, la verdad, a la única persona que puedo recurrir con ese perfil eres tú, Compadre. Tú solicitas el permiso y la licencia y te llevas el cinco por ciento mensual sin hacer nada. No te la vas a acabar. Ya tenemos listos los programas hasta el año que entra: loterías, bingos, carreras de caballos, palenques de beneficencia —aquí también te llevas el cinco por ciento, la beneficencia va a cargo de la parroquia.

Lo primero que se me ocurrió fue que no necesitaba el dinero, pero rápidamente pensé que había mucha gente a la que sí le hacía falta.

—¿No tendré problemas con el fisco o con Gobernación?

—No mames, estás hablando de un negocio dentro de los terrenos de la iglesia. Donde manda capitán, no gobierna marinero.

Porcayo sonaba convencido, y además la idea de la iglesia per se sonaba protectora, cálida y agradable. Como una madre.

—Muy bien.

Pasé el resto de la tarde muy agradablemente al lado de mi amigo Porcayo. Nos despedimos con un abrazo fraternal y me hizo prometerle que lo visitaría pronto en la costa.

Cuando lo vi alejarse, con su traje azul marino tan elegante, me figuré que parecía más un banquero que un cura, y entonces el cínico que habita dentro de todos me dijo:

—*¿Qué? ¿No son lo mismo?*

XXVIII

Me pasé unos días en casa, lo cual se estaba convirtiendo en un hábito muy agradable y satisfactorio. Le cancelé las clases a Marcaida una semana y decreté vacaciones. Una vez más, nos dedicamos a la ardua tarea de no hacer nada.

Lo que más me impactaba de mi nueva vida era el hecho de que no me importara en absoluto el *no hacer nada*.

En la funeraria, toda la vida estaba haciendo algo, y en casa de mis padres también. Mi padre no podía verme un segundo sin hacer nada, e incluso si estaba leyendo me ordenaba que me pusiera a hacer *algo*.

Seguramente por eso me convertí en un neurótico, a causa del *uso* del tiempo. Siempre tenía que estar haciendo algo *materialmente productivo*. Por fortuna, siempre consideré el leer como algo muy productivo. Sin embargo, hasta en la lectura reflejaba mi neurosis, ya que no podía ir al baño sin llevar conmigo algo que leer, porque de otra manera hasta ir al baño era una especie de pérdida de tiempo.

Al lado de Marcaida empecé a apreciar el estar acostado sin hacer nada, viendo pasar la tarde y el sol sobre sus piernas y, a veces, ni eso hacía.

Un día, cuando estábamos haciendo el amor salvajemente —y debo confesar que, por la posición de Marcaida, la estaba imaginando como si se tratara de la maestra Cadena—, la contestadora registró un recado de mi amigo Narco Decente.

—Llámeme para ponernos de acuerdo. Ya tengo lo que necesita.

Nails había esperado muchos años, al igual que el Profesor y el resto de los protagonistas del asunto, así que decidí llamar a mi amigo al terminar mi faena sexual, aunque debo admitir que la adrenalina me aumentó en la sangre debido a la emoción de escuchar el recado, y eso ayudó en gran medida a la vasoconstricción necesaria para lograr una buena erección —aunque no le resto mérito a la fantasía de que las nalgas que manoseaba eran las de la maestra Cadena y no las de Marcaida.

En el trayecto me tocó un taxista melancólico. Llevaba en el radio a "Los Panchos" y no hablaba nada. Yo me puse a pensar en que el ser humano siempre tiene una nueva necesidad. Pensé que si mi mujer hubiera sido la maestra, entonces Marcaida me hubiera enloquecido, y también pensé que en caso de darse algún contacto sexual con la maestra, automáticamente cualquier otra mujer me resultaría más atractiva que ambas.

Esas dos personas que somos.

Una de ellas nunca está satisfecha.

Castor me recibió en la puerta. Lo saludé y le pregunté por Malaque.

—No, pus al Malaque lo dejó el Jefe allá en el ashram, en Nueva *Yor*, haciendo *seba*.

—¿Perdón?

—Seba. Es un trabajo que se hace voluntariamente y que sirve para quemar karmas. Nuestra Gurú le aconsejó que se quedara lavando los excusados del ashram por lo menos unos tres meses.

Narco Decente se encontraba escuchando una cinta, de espaldas a la puerta y no quise interrumpirlo. Unos segundos después se volvió y me miró fijamente. Tenía los ojos enrojecidos.

—Siéntese, mi amigo, siéntese.

Se bebió de un trago el globo de coñac que tenía en las manos, sirvió uno para mí y rellenó su copa.

—Discúlpeme, es que estaba escuchando una cinta fabulosa. ¿Conoce *La nueva física del amor*?

—No.

—Bueno, pues es algo maravilloso. Otro mundo. Básicamente nos enseña a no ver la superficie, sino el fondo de las personas.

Asintió varias veces para sí mismo y luego se me quedó mirando como si acabara de notar mi presencia; de pronto chasqueó los dedos y dijo:

—El reporte. Claro. Es que no sabe cómo me conmovió la historia que acabo de escuchar. En fin...

Se puso de pie y regresó con un texto engargolado y me lo extendió.

—Aquí debe de estar todo. El Pegaso es un buen elemento. Fue policía judicial del Estado de México, y cuando lo dieron de baja por corrupto se fue a Sinaloa y entró de policía estatal; luego fue guarura de un capo y cuando se lo mataron se puso a trabajar conmigo. Es un profesional. Ya verá qué buenos reportes hace.

—No sabe cómo se lo agradezco.

—No tiene nada qué agradecer. Cuando la gente sabe a qué se dedica uno, de inmediato trata de aprovecharse de alguna manera. Piensan que el dinero que uno gana es dinero fácil, y déjeme decirle que es el dinero más difícil de ganar en la vida. Me atrevería a decir que es más difícil de ganar que el de las putas. En el caso de usted, ya conocía mi casa, así que se podía haber encajado con el paquete funerario de mi tía y en cambio me lo obsequió desinteresadamente, y como bien dice la Biblia: "Con la vara que midas, serás medido".

—Muy bien, pero se lo agradezco de todas maneras. ¿Me arreglo con Castor para los honorarios de Pegaso?

—Para nada. Pegaso me debe muchos favores. Además, mientras espiaba al gringo, dejó de torturar y matar a varias personas, así que de alguna manera le evité varios karmas y así quemé algunos de los míos. ¿Ya lo ve? Cuando uno obra bien, todo sale bien. Todo se vuelve una cadena de bondad y armonía, como el propio Universo.

Me obsequió un juego de cd's con unas conferencias y otro cd con cantos de monjes tibetanos, así como un paquete de varitas de incienso para sanar.

—Cuando se sienta hecho una mierda, escuche los "cidis" y encienda un incienso de esos, y verá qué diferencia.

Al salir me abrió la puerta un guarura que no conocía, y justo en la esquina me encontré con Castor.

—Me extrañó no verte.

—Es el cambio de turno. Y usted, ¿qué onda, Jefe?

—Pues aquí, para tomar un taxi, ¿y tú?

—No, pus yo me voy en el metro hasta Indios Verdes, y ya de allí nomás tomo dos micros y ya llego a la casa de usted.

—Suena difícil.

—Pues sí, pero uno también tiene que aprender a ser humilde. Antes el Jefe a veces me daba permiso de llevarme el Mercedes y hasta dos veces el Bentley blindado. No sabe cómo apantallaba allá en la colonia. Pero así como dicen los "compacs" del patrón: hay que aprender a valer por lo que uno es espiritualmente y no por lo que uno aparenta. Claro que es una chinga; nomás llegar a Indios Verdes ya está cabrón. Pero bueno, dicen que así se queman los karmas. No hay de otra.

Aproveché que pasaba un taxi, le hice la parada y me despedí de Castor. Una vez instalado en la parte trasera —donde el asiento estaba tan desgastado que casi llegaba hasta el piso—, acaricié el engargolado que llevaba en las manos como si fuera el tesoro más grande del mundo.

XXIX

Saludé a Marcaida, me bebí unos whiskys y luego procedimos a hacer el amor; a continuación, aunque se me quemaban las habas por ver el "Reporte Pegaso", una suerte de morbo y excitación me obligó a dejarlo para el día siguiente. Al irme quedando dormido, me imaginé que lo que estaba haciendo era lo mismo que de niño durante la Noche de Reyes: ya había visto los regalos envueltos, pero hasta el día siguiente me sería permitido abrirlos, y esas noches siempre habían sido algo en verdad mágico para mí.

Desde luego, un par de horas después, el insomnio me tenía pendejo. Le di vuelta a los canales con el control remoto de la tele infinidad de veces; me levanté a orinar, me abracé a Marcaida. Nada me daba resultado. En cuanto comenzaba a conciliar el sueño, de inmediato se me presentaba el engargolado con el informe frente a mí.

Finalmente, decidí bajar a beber un whisky. Seguramente tenía alta la presión.

Con el segundo trago, abrí el engargolado y empecé a leer.

Efectivamente, Pegaso sabía muy bien lo que hacía. Este era un reporte muy diferente al del coronel Mendoza, sin lugar a dudas. Pegaso había sido policía y se le notaba. No se le escapaba detalle, lo que no tenía ninguna importancia lo abreviaba y lo realmente interesante lo ponía con negrita y en cursiva. Todo el legajo tendría unas veinte páginas, divididas por días de vigilancia. Al final del reporte escrito, había fotografías pertinentes para cada descripción.

Era una joya. En verdad.

Cuando llegué a una parte en particular, el corazón me empezó a latir con algo de desorden por la emoción de comprobar si mis pesquisas habían dado resultado.

Por si las dudas —y como una recomendación del cardiólogo, quien es mi amigo—, me bebí un buen whisky de golpe y luego continué leyendo.

Resultaría tedioso reproducir el informe completo. Siendo policía, Pegaso hacía gala de tecnicismos y llegaba a ser repetitivo y, por tanto, muy aburrido. Por eso prefiero resumir el asunto. Pegaso había llegado a El Paso y había conseguido internarse en el edificio que albergaba el cuartel de Nails. Por medio de contactos, sobornos, amenazas y otras técnicas de persuasión que no vale la pena detallar, Pegaso había conseguido acercarse bastante al funcionario de la CIA. Sin embargo, ese "bastante" no era suficiente. Nails llegaba y salía en cualquiera de dos camionetas Suburban negras, blindadas y con vidrios entintados. Se notaba que el gringo se las debía a muchos y muy gruesos, por las medidas de seguridad empleadas para resguardar su persona.

Pegaso poseía el equipo necesario para realizar su trabajo con calidad. Les colocó un transmisor a cada una de las camionetas y localizó la residencia de Nails. Se trataba de un edificio de lujo, profesionalmente vigilado.

Pegaso permaneció de guardia en las cercanías del edificio, esperando alguna oportunidad, y una noche la oportunidad por poco lo atropella. Se había bajado del automóvil para estirar un poco las piernas; al ir caminando, una camioneta todo terreno salió de la cochera del edificio y por poco lo arrolla. El conductor hizo un gesto de disculpa, y a pesar de llevar una gorra de béisbol en la cabeza, Pegaso lo identificó como Nails.

Lo siguió en su automóvil hasta que cruzaron la frontera y la camioneta se internó en Ciudad Juárez.

Después de un rato de andar dando vueltas, Nails frenó el auto ante una buena oferta de prostitutas muy jóvenes. Una de ellas se acercó al vehículo, y luego de unos segundos, montó en él.

La todo terreno tenía los vidrios entintados, pero esto no detuvo a Pegaso. Las fotografías tomadas para esta parte del reporte eran infrarrojas; se veían verdosas, pero increíblemente nítidas; parecían de estudio, y es que una de las razones por las que la guerra contra el narcotráfico está perdida de antemano se debe a la tecnología de punta que utilizan los comerciantes de la droga. Mientras ellos pueden invertir todo lo que quieran en defensa de sus intereses, nuestras procuradurías apenas tienen para comprar unas tortas de queso de puerco y unas pepsis.

Pegaso siguió a la todo terreno. Un poco más adelante, amparado en el anonimato de los vidrios entintados, Nails drogó a la chica, seguramente con cloroformo o algo parecido, pues le puso un pañuelo en la boca y casi de inmediato la joven lucía completamente flácida en su asiento.

Nails se dirigió a las afueras de la ciudad y Pegaso hubo de seguirlo con las luces apagadas, a lo que estaba muy acostumbrado, ya que las operaciones de los narcos normalmente se realizan en la oscuridad.

Unos kilómetros más adelante, la todo terreno se internó por una vereda en muy mal estado, y unos cien metros después frenó y se apagaron las luces. Nails salió y luego abrió la portezuela del pasajero. Con la mayor naturalidad del mundo, sacó a la prostituta en vilo y literalmente la arrojó a unos metros de distancia.

Pegaso observaba el desarrollo de los acontecimientos a una prudente distancia, por medio de binoculares infrarrojos, al tiempo que tomaba fotografías de los hechos con la cámara adaptada al aparato de visión nocturna.

Nails abrió una de las puertas traseras y extrajo una pala y unas pinzas. Se acercó al cadáver, tomó una de las manos y forcejeó con uno de los dedos, como si lo estuviera arrancando con las pinzas. Finalmente soltó la mano de la muerta.

A continuación, con ayuda de la pala, echó un poco de tierra sobre el cadáver.

Pegaso consideraba que la había estrangulado en el trayecto.

Suspendí la lectura.

Aunque el informe hubiera sido escrito por un ex policía y tratara ciertas cosas con una relativa naturalidad, yo no podía creer que fuera tan sencillo salir una noche, cruzar la frontera, alquilar a una niña, matarla y disponer del cadáver de aquella manera y con esa sangre fría.

Me estremecí y me negué a seguir leyendo. Por el momento había sido más que suficiente.

Bebí otro whisky y me fui a la cama.

Nomás me metí entre las sábanas, Marcaida me abrazó instintivamente, dormida.

Me sentí amado y protegido, y pensé que las asesinadas eran mujeres iguales a Marcaida y a todas las demás mujeres. Mujeres que habían amado, reído, bailado. Mujeres que habían tenido ilusiones y sueños y planes. Mujeres de carne y hueso. No un número inmundo o una cifra hueca. Se trataba de mujeres. De seres humanos.

Si las autoridades miraran así las cosas, seguramente ya hubieran intentado detener la carnicería.

"A menos, claro está —dijo el cínico— que algunas de esas autoridades estuvieran involucradas de alguna manera en el asunto."

Al día siguiente, a propósito prolongué tanto como pude mis actividades cotidianas y, más que nada, la sobremesa del desayuno. Sin embargo, a las once y media de la mañana, Marcaida se había ido a cortar el cabello y me quedé solo en casa, con el informe Pegaso.

No tenía ninguna gana de seguir leyendo. En verdad me producía repulsión. Todo el tiempo estaba tratando de no juzgar a Nails, pero la razón lo condenaba sin lugar a dudas. Era un asesino en serie y por tanto —según el Profesor— un enfermo, pero costaba mucho trabajo verlo como tal. Yo más bien lo tenía por un monstruo. Un aterrador y despreciable monstruo.

Hasta entonces comprendí que el padre Julio se hubiera quedado completamente canoso en una sola mañana. No era para menos. Si unas hojas con un texto y unas cuantas fotografías en el informe podían ocasionar la náusea y el asco que me habían producido, no deseaba imaginar la intensidad de la locura al encontrar un par de las víctimas en terrenos de uno. En depósitos para la basura.

Al final del informe, Pegaso subrayaba que todo el asunto parecía un operativo, no un asesinato al azar, y se preguntaba si habría algún plan más allá de lo macabro en aquella sistemática carnicería.

Esa misma tarde llevé el informe al Profesor.

—Lo noto muy deprimido. Hasta pálido está.

—Sí, Profesor. Me desagradó sobremanera el contenido del informe.

—Lo comprendo. Llevo muchos años aprendiendo a comprender ciertas cosas. Créame que comparto con usted los mismos sentimientos, sólo que en mi caso esto es añejo. La sensación para usted resulta más repulsiva aún, debido a la novedad, pero...

No pude seguir escuchándolo, y haciendo un gran esfuerzo, apenas pude llegar hasta una cubeta para vomitar.

No era día de visita y no había nadie por ahí. De cualquier manera, me apené mucho y el Profesor me calmó.

—Está bien. Está bien. Siéntese. No pasa nada. Ahorita le pido a uno de los muchachos que venga a limpiar.

Antes de que el Profesor terminara de hablar, el Copias apareció de la nada y retiró la cubeta.

Me llevó varios minutos sentirme mejor.

—Respire profundo y suelte el aire por la boca —ordenó el Profesor.

Así lo hice y poco a poco me fui sintiendo mejor, aunque me dolía la boca del estómago; sentía como si una garra me estuviera arañando por dentro.

El Copias regresó con una coca-cola helada.

—Gracias, Copias.

—De nada.

Salió de nuevo.

—Ya le cayó usted bien a mi amigo.

Tomando en cuenta lo parco de la relación, ya podía imaginarme cómo estarían las cosas si le cayera mal al Copias.

El Profesor me atendió como si fuera mi padre y tuvo la delicadeza de no mencionar para nada el informe.

Después de un rato me disculpé por el papelón que había hecho, pero el Profesor me dijo que era absolutamente normal.

—Usted es un hombre tranquilo. No está acostumbrado a todo el ajetreo que lleva viviendo en los últimos meses. Es normal que se sienta un poco mal.

—Es que me siento *muy* mal.

—Ya le dije que es normal. Le voy a sugerir algo: tómese unos días sin hacer nada, váyase a algún lado con su novia. Ni siquiera se meta a internet, y ya verá cómo después de poco tiempo se siente diferente. Hágame caso.

—Es que quiero ver esto terminado lo más pronto posible.

—Terminará cuando tenga que terminar. No podemos presionar las circunstancias. Primero tenemos que decidir qué hacer con Snail y cómo y cuándo hacerlo. Necesitamos un poco de tiempo para pensarlo.

Estuve de acuerdo, aunque no demasiado convencido.

XXX

De regreso a casa tuve tiempo suficiente para pensar en el asunto de las vacaciones, y cada vez me parecía más viable, al punto de que, una vez en casa, ya estaba plenamente convencido de que era lo mejor tanto para mí como para la propia Marcaida.

Hube de planteárselo con suma delicadeza, pues sabía muy bien cuál era la clase de antagonismo que tenía con el cura.

—Es buena idea la de las vacaciones, pero ¿por qué allí?

—Me lo ha ofrecido varias veces y se me haría una grosería que fuéramos a otra parte.

—¿Y no se te hace una grosería meterme a vivir unos días con un padre caliente que cada vez que puede me chinga con que deje la putería?

—Ya dejaste la putería.

—Sí, pero... De todas maneras... Ya sabes...

—No perdemos nada.

—Sí, pero...

Guardó silencio, seguramente evaluando el hecho de que llevaba varias semanas sin andarle enseñando las tetas y el culo a desconocidos.

—Porcayo ya no puede decirte nada. Además, sabe que eres mi novia y dudo mucho que se meta contigo. Siempre ha sido muy respetuoso con mis asuntos.

Guardó silencio unos segundos y por fin aceptó.

—Bueno, pero con una condición.

—¿Cuál?

—Que a la primera que se meta conmigo, nos vamos a un hotel.

Casi desde el momento de acomodarnos en el autobús, Marcaida se empezó a poner de muy buen humor. Parecía una niña en una excursión de la escuela.

Entre otras cosas, en el trayecto me confió que aquellas serían sus primeras vacaciones en forma. Había pasado algunos fines de semana en Cuernavaca o Valle de Bravo con algún cliente, pero de alguna manera eso era chamba y esto no.

Porcayo envió un coche con chofer a recogernos a la estación, porque estaba ocupado con sus menesteres en la iglesia.

Desde que llegamos, se nos recibió como reyes y se nos trató de la misma manera.

Porcayo hizo gala de política e inteligencia y no tardó mucho en vencer la resistencia de Marcaida hacia él; al pasar los días, parecían irse convirtiendo en cierta especie de amigos y estaban limando asperezas.

Durante las tardes, Marcaida dormía una siesta, y mientras Porcayo aplicaba confesiones o realizaba algún otro de sus múltiples negocios eclesiásticos, yo me paseaba por el pueblo y las afueras, caminando plácidamente, respirando la brisa marina que soplaba con suavidad, casi todo el tiempo. Me di cuenta de que hacía muchos años que no había tomado el sol, porque sentí los rayos en la piel. El pueblo era bellísimo, y la naturaleza que lo rodeaba, prolija y desbordante. Pocos cientos de metros fuera del pueblo, daba la impresión de que la carretera sería tragada en cualquier momento por la vegetación. Me congratulaba todos los días de haber seguido el consejo del Profesor y, desde luego, de haber podido convencer a Marcaida sobre instalarnos con Porcayo.

Una de aquellas tardes sentí algo muy interesante. Me pareció que el hecho de haberme enfermado con el informe Pegaso se debía a que el perpetrador —Snail— era un ser humano, un individuo de mi misma especie y, por tanto, esa especie me reclamaba en la sangre una corresponsabilidad en los asesinatos. Compartía genética y contemporaneidad con aquella cadena de aberraciones.

También pensé que algo bueno había salido de esas desgracias. Tal vez nunca me hubiera sentido parte de toda la especie humana, de no haber sido por Snail. Eso en cuanto a lo personal. En cuanto a lo general, a partir de estos subhumanos acontecimientos en Juárez, hemos descubierto y prestado atención al hecho de que también en Guatemala sucede lo mismo, y en Colombia y en Irán y en Afganistán y en Estados Unidos y en general. Es mundial el maltrato al género femenino y —no hay de otra y todos lo sabemos— son precisamente estas desgracias las que crean organizaciones estables que poco a poco van impidiendo que estos horrores sucedan.

Muy brillante me estaba volviendo en la costa. Con razón Porcayo prefería estar por allá. En las mañanas, el desayuno era impresionante: había sopes, huaraches, quesadillas, frijoles refritos, frijoles de olla y una inmensa variedad de fruta tropical de temporada. De beber: cualquier cosa, de todo había. La comida era sensacional, y había merienda también y se servían panes de dulce diversos y deliciosos, chocolate y café. Todo era como para chuparse los dedos.

Una tarde iba caminando por el pueblo cuando observé a una de las criaturas más espectaculares que he visto en mi vida. Era una mujer de unos treinta y cinco años, muy morena. Caminaba por delante de mí con un vestido blanco que hacía resaltar las mejores caderas del mundo; se balanceaba con una naturalidad exuberante. Tanta sensualidad me hería los sentidos, era como mirar al sol.

La seguí disimuladamente, a prudente distancia, observándola lo más que podía, como si deseara que mi mirada traspasara el vestido y la ropa interior. Como si quisiera que mi mirada la acariciara, la manoseara. Como si quisiera que mi mirada se la cogiera por todas partes.

Era una auténtica golosina. Un pecado.

Ya lo dije: su hermosura dolía.

Finalmente entró en una casa grande, de buena apariencia.

Me quedé rondando por ahí un rato, haciéndome pendejo, deseando verla salir de nuevo. Pero pasó un cuarto de hora y nada sucedió, así que me marché.

Por mera corazonada, al día siguiente me adelanté y llegué frente a la misma casa media hora antes que el día anterior; unos minutos después la vi venir de frente. Era una auténtica belleza. Tenía el cabello negro azabache, muy tupido; frente no muy amplia; una nariz pequeña, ancha, costeña, autóctona, y unos labios que parecían raras frutas, muy maduras. El conjunto de su rostro era una mezcla de belleza, sensualidad e intriga.

Cuando era joven, me gustaban más los rostros que los cuerpos. No me di cuenta cuándo sucedió el cambio: un día me llamó la atención una recepcionista de la funeraria. Era bastante fea de rostro, pero cuando la vi de cuerpo entero, todas las vísceras se me reacomodaron. A partir de entonces, la belleza del rostro empezó a ser secundaria, complementaria y, hablando exclusivamente en forma material, eran mucho más importantes un par de buenas nalgas o unos pezones maravillosos que una cara bonita.

Al ir pasando el tiempo, en realidad la belleza del rostro no me importaba en absoluto, siempre y cuando lo demás estuviera en orden.

Pero aquí se conjugaban a la perfección ambas cosas, como era el caso de Marcaida, sólo que esta mujer podía llevarle quince años a la otra y eso la hacía más interesante, más atractiva, desde cualquier punto de vista.

La vi entrar de nuevo a la casa y me llenó una gran sensación de pérdida. Otra vez me quedé un rato esperando, con la ilusión de verla salir.

Unos diez minutos después salió de la casa una mujer muy joven y hermosa, de unos veinte años, y me dijo que la señora deseaba conocerme.

Al principio no entendí nada y, por supuesto, puse cara de idiota.

La bella mujercita sonrió, mostrando una hermosísima dentadura:

—Doña Lola quiere conocerlo. Dice que pase.

—¿Doña Lola?

—La patrona. Venga conmigo.

Me tomó de la mano familiarmente y no pude resistirme. No sabía qué estaba sucediendo, pero si doña Lola era la mujer que había visto en la calle, estaba dispuesto a casi cualquier cosa.

Entramos en una casa muy bonita, grande, austeramente decorada, pero limpia y ordenada. Me daba la impresión de ser la típica casa rica de provincia, venida a menos.

—Siéntese. En un momento baja la señora.

Tomé asiento y en ese momento venía bajando las escaleras la mujer de mis deseos.

Sonrió ampliamente y me extendió una fina y morena mano.

—Mucho gusto. Mi nombre es Dolores, pero todo mundo me conoce como doña Lola.

Su voz era costeña, húmeda y ligera. Su manera de pronunciar las palabras, profunda.

—Mucho gusto, doña Lola.

—Dígame Lola y, si quiere, nos podemos tutear.

—Desde luego, Lola.

—Siéntate. ¿Qué deseas beber?

—Un whisky estaría bien, gracias.

Doña Lola tocó una campanita y otra mujercita muy bella apareció y tomó nota del whisky, y una naranjada con ginebra para ella.

Las bebidas no tardaron, así que la conversación comenzó con el brindis.

—Por el gusto de habernos conocido.

—Igualmente.

Lola era extraordinariamente femenina y desde un principio me agradó su personalidad —independientemente de su hermoso cuerpo—, pero no me despertaba las mismas sensaciones que Marcaida. Aquí no había ternura, mucho menos inocencia; sin embargo, la mujer parecía estar hecha de imanes y yo tenía que hacer un gran esfuerzo para no salir despedido contra ella.

—¿Y qué tanto hacías allá afuera? —me preguntó de pronto, con gran confianza.

—Esperaba a verte salir.

—¿Por qué?

—Porque eres seguramente la mujer más hermosa que he visto en toda mi vida.

Observó mi mirada unos segundos, evaluándome. No movía un solo músculo de la cara.

—Viniendo de cualquier otro, me moriría de risa, pero tú sí suenas sincero.

—Lo soy.

XXXI

Platicamos largamente, por más de una hora y tres whiskys.

Más que otra cosa, le dije quién era, a qué me dedicaba —o me había dedicado.

Ella, a su vez, me platicó que era viuda. Su marido había tenido un rancho en la comarca, pero lo habían asesinado con el fin de quedarse con las tierras, que tenían muy buen riego, y se habían salido con la suya, amparados por un político amigo del gobernador del estado. En fin, la historia de siempre. Como había sido gente de dinero, conservaba la casa en la cual estábamos en ese momento, restos de las riquezas pasadas, y allí vivía.

Durante nuestra plática, varias mujercitas se alternaron para servirnos. Todas muy hermosas y sensuales.

Ya para marcharme, comenzó a sonar una música de salsa en el fondo de la casa.

Me llamó la atención, pero no demasiado. Todos mis sentidos se encontraban intoxicados con doña Lola.

Al regresar, Porcayo y Marcaida jugaban damas. Porcayo estaba decidido a enseñarla y, por ese medio —sobre todo, dejándola ganar—, se hacían más íntimos.

Marcaida había conservado la costumbre de ver películas y esa noche, después de que se marchó a nuestra habitación, decidí comentarle a Porcayo mi encuentro con doña Lola.

Al terminar, me miró unos segundos seriamente, como tratando de comprobar si mi historia era verdadera, y al final dijo:

—Pues te felicito, compadre. Te mamaste tres whiskys gratis en el burdel más caro del pueblo.

Muy lógico.

—La música de salsa que escuchaste es el inicio del reventón.

—Pues de todas maneras es una mujer única. ¿No la conoces?

—No personalmente. He escuchado decir que es una morena que está muy buena y que se hizo puta porque le mataron al marido y la despojaron de su hacienda.

—En ningún momento insinuó nada, pero tomando en consideración lo que me estás diciendo, tal vez y hasta ya me abrieron una cuenta y me anotaron los whiskys.

—¿Piensas volver?

—Para serte sincero, nada me gustaría más que quedarme a dormir con Lola una noche entera.

—Pues sí, pero no cuentes conmigo. Soy tu cuate, no tu alcahuete.

—Yo sólo decía...

—Yo también.

A la tarde siguiente, volví a la casa de doña Lola a la misma hora y toqué el timbre. Una joven muy graciosa me abrió la puerta.

—¿Se encuentra la señora?

—Pásele. 'Orita le aviso que aquí está usté'.

Tomé asiento y, sin pedirlo, otra muchacha me trajo un whisky.

Doña Lola solamente tardó unos segundos en bajar, pero a mí se me hizo una eternidad.

Tomando en cuenta la información que me había proporcionado Porcayo, todo el trayecto desde la parroquia hasta el burdel había estado aquilatando la posibilidad de pagarle a doña Lola por sus servicios. Deseaba como un demente tocar aquella piel por todas partes, cerciorarme de que lo que había visto era cierto y no solamente un espejismo.

Además, a diferencia de lo que sentía por Marcaida, Lola era una mujer que me producía gran morbo.

Bajó muy elegante, envuelta en una bata de seda blanca que hacía resaltar todas sus formas.

No tomó asiento y apenas me dio la mano.

—Te voy a pedir que me perdones, pero ahorita no puedo atenderte. Estoy ocupada.

—Claro que sí. Disculpa la interrupción, por favor.

—No, no, es que no me imaginaba que volverías tan pronto. No me lo dijiste.

—No hay problema.

—Vente mañana a las cinco.

—Muy bien. Hasta mañana.

Me sentí muy raro en el trayecto de regreso a la parroquia y no eran celos. Aquí había un toque muy profesional que me excitaba aún más. Seguramente se la estaban cogiendo cuando llegué a visitarla. ¿Qué le estarían haciendo? ¿Qué le haría yo, si pudiera?

Por otro lado, a pesar de haberla visto en bata, no podía mirarla como a una ramera. Me inspiraba un gran respeto. Incluso me había cohibido un poco el verla en aquella indumentaria. La veía como si se tratara nada más de una viuda y no de una viuda dedicada a la putería.

Marcaida había bajado un poco más de peso y estaba bellísima. Porcayo le había conseguido un pase al mejor hotel del pueblo y se asoleaba todas las mañanas un buen rato.

Curiosamente, no me ocasionaban celos sus asoleadas en tanga. Me parecía que hasta estaría bien que se ligara a un chavo decente y se echara un buen palo, porque yo no le estaba rindiendo muy bien últimamente y no me gustaría cogérmela pensando que se trataba de doña Lola.

Aquella noche volví a platicar con Porcayo, y aunque no pareciera una consulta muy adecuada para tener con un cura, le pregunté qué opinaba de mi afán de pagarle un palo a doña Lola.

—No sé. Nunca he sido su cliente.

Volví el día siguiente a las cinco en punto y fui recibido adecuadamente con un whisky. Lola bajó las escaleras luciendo un bello huipil blanco con bordados violetas. Tenía el cabello recogido a la nuca y llevaba sandalias que hacían resaltar sus hermosos tobillos.

Platicamos un buen rato, y entonces le confesé que ya sabía que aquella casa era un burdel y que no deseaba distraerla de su profesión.

—Si me lo permites, deseo pagar el tiempo que pases conmigo.

—Como quieras.

Lola resultó ser una especie de psicoanalista muy avanzada. En tres horas le conté en archivos comprimidos toda la historia de mi vida, incluyendo al Profesor y a Nails.

—Pues estará pinche loco, pero habría que pararle el alto.

—Sí. Eso está decidiendo actualmente el Profesor.

—¿Y ya saben cómo le van a hacer?

—No.

Doña Lola se disculpó y subió las escaleras, bajando un minuto más tarde, y me entregó una botellita.

—Si le echas esto en cualquier bebida que tenga alcohol, le da un infarto.

—¿Qué es?

—No sé bien. Lo hacen unos indígenas de la sierra. Lo usan en sus dardos y flechas para cazar animales. Me lo regaló un cliente, hasta me acuerdo que me dijo: "Esto es mil veces mejor que una pistola, chula. Además, las balas dejan agujeros para las autopsias y esta chingadera no deja nada."

Guardé el frasquito en mi saco de lino, y cuando pretendía despedirme —ya hacía un buen rato que sonaba la música en el fondo de la casa—, Lola dijo:

—¿Quieres venir mañana?

—Sí. Es lo que más quiero.

Me sonrió adorablemente y no pude contenerme, así que me acerqué para besarla en la boca y me respondió con una pasión que no me esperaba.

Una de las muchachas me acompañó hasta la puerta y le pregunté cuánto debía por los honorarios de doña Lola y por el chingo de whiskys que me había mamado.

—Yo creo que mañana la señora le dice.

De regreso, iba pensando en el frasquito con las gotas. Llevaba conmigo un arma mortífera y ni siquiera podía ser detectada. Nunca había portado arma alguna, así que me sentía muy cabrón con mi pócima de quién sabe qué en el bolsillo.

No obstante, poco después me puse a pensar en la gravísima responsabilidad de asesinar a un ser humano.

Aunque se tratara del propio Mister Nails.

XXXII

Durante la cena, me encontraba excesivamente simpático y agradable; por supuesto, ayudado por la cantidad de whisky que llevaba en la sangre.

Marcaida se despidió de Porcayo, me dio un beso en la mejilla y se fue a ver películas, y el padre y yo nos quedamos solos.

—¿Cómo va tu asunto?

—No te imaginas la cantidad de cosas que estoy aprendiendo.

—¿Sobre burdeles, o sobre whisky?

—Sobre la vida.

Porcayo me analizó unos segundos, descaradamente.

—Tienes razón. No había tomado en cuenta que has estado prácticamente enterrado la mayor parte de tu vida.

—Sí. Por eso para mí la vida apenas empieza. Esto es una suerte de resurrección.

—Como Lázaro.

De pronto, sin existir razón de por medio, le dije:

—Cuando acababa de cumplir diecisiete años, llevaron a la funeraria el cadáver de una mujer joven.

Se había desmayado en el baño y se fracturó el cráneo al caer. Le habían dispensado la autopsia.

Le di un buen sorbo a mi whisky.

—Era muy hermosa. Parecía dormida.

Otro buen sorbo.

—No pude evitar acariciarla.

Jugué un momento con el vaso y Porcayo lo rellenó generosamente, sin interrumpirme para nada. Tomé un muy buen trago y continué:

—Lo peor vino cuando la embalsamaron. Estaba embarazada.

Guardé silencio y Porcayo hizo lo mismo, sin dejar de mirarme, lleno de compasión.

—No sé por qué te conté todo esto.

—No importa. Igual y son las culpas.

Ante mi gesto interrogativo, Porcayo concluyó:

—Le estás poniendo los cuernos a Marcaida con una puta del pueblo y eso te hace sentir culpable, por supuesto.

Y sí. Me sentía culpable.

Marcaida me había hecho muy feliz, cobijado, querido, amado, protegido, incluso respetado, y yo le estaba jugando chueco. Sin embargo, como a pesar de saber que somos responsables siempre nos defendemos, utilicé con Porcayo sus propios argumentos:

—Tú mismo has dicho que todo lo inventó el ser humano. Mi instinto me pide a doña Lola, no mis sentimientos, y soy una persona dispuesta a darle rienda suelta a mis instintos, ya que son inofensivos.

—Ya lo sé. Yo también. Pero la culpa es cabrona, compadre. Muy cabrona. Te lo digo yo, que vivo de eso.

—Sí, pero tengo que aprender a controlarla. Mi amigo Narco dice que la culpa no existe, que puede deshacerse.

—Claro, para eso está el sacramento de la confesión.

—Bueno, como sea. Incluso estoy convencido de que, sin la propia culpa, no me llamaría tanto la atención el asunto.

—Vaya, estás aprendiendo rápido a vivir, mi querido amigo.

Le di unas palmaditas en la espada, afectuosamente, mientras decía:

—Tengo buenos maestros.

XXXIII

Sería una gran mentira si dijera que al día siguiente estaba emocionadísimo. No. La última emoción grande que había sentido fue con Marcaida. Doña Lola era otra cosa, otro asunto, muy diferente. Mera enfermedad sensual.

Había llegado a la conclusión de que lo que más me gustaba de ella no eran sus estupendas chichis ni sus sacras nalgas ni sus benditas pantorrillas. No. Lo que más me excitaba era el hecho de que había sido una mujer rica, una señorona, y había terminado vendiendo el culo. Eso era lo que más me excitaba. Era una especie de venganza de clases a su máxima expresión. "Ahora sabes lo que es ganar el pan con el sudor de tu frente, puta."

Así que la mezcla me sonaba explosiva: morbo, venganza social, lujuria, whisky; salsa o cumbia, tal vez danzón, y aquel banquete carnal frente a mí.

Y dentro de toda esta presunta excitación, sabía perfectamente que no había emoción. No podía ser emocionante cogerse a una prostituta, aunque se tratara de doña Lola. No puede haber emoción en comprar sexo a mi edad y en mis circunstancias. Sin embargo, lo más importante para mí en aquel momento, en verdad, era el cuerpo de doña Lola.

En ocasión de un entierro, tuve la oportunidad de intimar con una hermana del difunto. Había adorado a su hermano. Era todo para ella. Al morir él, había muerto una buena parte de ella. La acompañé hasta su casa, me invitó a pasar y terminamos haciendo el amor salvajemente.

Al principio, no podía comprender cómo después de semejante pérdida se hubiera comportado de esa manera. Como si supiera lo que pasaba por mi cabeza, dijo:

—Lo último que me hubiera imaginado fue lo que sucedió anoche. Pero era lo que me pedía el cuerpo. Mi cuerpo cansado, adolorido, fatigado, gastado. Era lo que necesitaba. Gracias.

Desde entonces, siempre que se podía, le hacía caso a lo que el cuerpo me pedía. Rara vez se equivocaba.

Por eso pensaba hacerle caso en lo referente a mi deseo carnal por doña Lola.

Aquella tarde, antes que otra cosa, quise poner mis cuentas en claro, así que le pedí a una de las chicas que me pasara factura por adelantado, incluyendo toda esa tarde con doña Lola y una botella de Chivas.

Doña Lola me hizo esperar como nunca antes. Veinte minutos después de haber llegado, apareció una de las muchachas y me presentó la cuenta tal y como la había requerido. Incluyendo todos los whiskys que me había chupado, lo bien atendido que había estado y, sobre todo, la compañía de la hermosa viuda, no me pareció caro. Además, ganaría puntos al pagar con mi tarjeta de crédito.

Al tercer whisky apareció una muchacha muy guapa y me pidió que la acompañara. Obedecí y subimos las escaleras. Me guió hasta una puerta, dio unos toquiditos y escuché la voz de doña Lola del otro lado.

—Adelante.

La muchacha abrió la puerta y me hizo una seña para que entrara. Luego cerró la puerta tras de mí y me dejó a solas con doña Lola.

Llevaba una bata larga, transparente, y gastaba prendas íntimas a la antigua usanza. El brasier era grande, color carne, al igual que todo lo demás. Llevaba un liguero y pantaletas muy largas, así como medias con costura en la parte posterior.

Era una diosa.

No habló. Hizo una seña para que me acercara, y al estar frente a ella me di cuenta que llevaba zapatos de tacón muy altos. Su aliento olía exquisito.

Nos besamos largamente, sin prisas, sin adolescencias, sin ansiedades inútiles.

De pronto, ella se separó de mí.

—¿Qué pasa?

—Nada. Pero antes de seguir adelante, déjame darte algo que es tuyo.

—¿Qué?

Me entregó el talón de pago de mi tarjeta de crédito.

—¿Y esto?

—Quiero que me trates como a tu mujer, no como a una puta. Rompe el *baucher* y seguimos adelante. Si no, mejor vete.

No insistí. Destrocé el talón de pago y me olvidé del asunto para dedicarme con toda exactitud a disfrutar e intentar complacer a aquella dama que tan honestamente se entregaba a mí.

Y entonces, sí me emocioné.

Un chingo.

XXXIV

Tuvimos que interrumpir las vacaciones porque me llamaron de la funeraria. La única razón válida para molestarme era precisamente aquella para la que se me requería.

La tía de mi amigo Narco Decente había fallecido y tuve que volver a la ciudad a supervisar el asunto de inmediato.

Di órdenes por teléfono de que la recogiera la mejor carroza —una Mercedes Benz que solamente utilizábamos en ocasiones muy especiales—. Indiqué también que se abrieran dos capillas contiguas, de las más grandes, para que se respirara amplitud.

Como se trataba de un asunto personal, ordené que se tuvieran a la mano y disposición, discretamente, todo tipo de licores, y que se surtiera de chocolate, café, té y refrescos a cualquiera que llegara. Advertí que el valet parking no recibiera propinas de los asistentes a la capilla de la tía, y ordené a la florería cara que enviaran varias coronas: una, de parte de la funeraria; otra, de Alexander y mía; otra más, sólo mía, y una última, de parte del personal de la empresa.

Antes de partir, me las ingenié para ir a casa de doña Lola a despedirme de ella.

No hablamos mucho. Solamente le expliqué la razón de mi súbita partida.

—Ya sabes dónde estoy.

Fue todo lo que dijo.

Porcayo nos facilitó un buen coche y a un excelente chofer, pero aun así, cuando llegamos a la ciudad, Marcaida estaba muy fatigada y se durmió al llegar a la casa. Yo, en cambio, tomé una ducha y me arreglé muy elegante para supervisar el funeral de doña Eleuteria del Refugio.

Cuando llegué a la capilla me sorprendió la diversidad en los personajes presentes: en un rincón, media docena de ancianas, fumando como chimeneas, todas con un vaso de poliuretano en la mano.

En otro extremo, varios hombres con tipo de mafiosos, desconfiados, cuidándose las espaldas unos a otros y al mismo tiempo cuidándose de ellos mismos. Más allá, una señora de unos treinta años que estaba buenísima, enfundada en unos pantalones negros como dos tallas más pequeñas que la suya. Otras mujeres de la misma edad. Unos hombres tímidos, muy bien vestidos.

Para completar, unos veinte o veinticinco guardaespaldas, entre los que se encontraba Castor, quien al verme salió a mi encuentro.

—¿Cómo está, jefe?

—Bien, ¿y tú?

—Pus bien. Ya sabe, la muerte no existe, solamente es un cambio de estado.

No supe qué decirle, y luego de un silencio, continuó:

—El jefe me dijo que le diera las gracias por todo. Se fue al ashram a orar y dijo que luego venía.

—Muy bien. Pues tú que conoces más o menos el movimiento, ofréceles lo que deseen de beber.

—De eso quería hablarle. Es que parece que las amigas de la tía Cuca ya se fulminaron dos botellas de coñac, y para como van y como aguantan, yo le aconsejaría que se consiga por lo menos una caja, porque aquí entre nos y con todo respeto, lo que sea de cada quien, estas viejas son bien pedas.

A las once de la noche seguían llegando arreglos florales y ya tenían que dejarlos en el pasillo, porque no cabían en el interior de las capillas ardientes. Los había de todos; humildes, medianos y ostentosos. En el estacionamiento, había más de una docena de coronas modelo "sindicato", de las más grandes.

No apareció ningún personaje que yo conociera, y si apareció, no lo reconocí. Pero algunos de los mafiosos presentes se notaban de mayor rango que otros. La mayoría no era como mi amigo. No se veían buenas personas, que digamos. No me parecían el tipo de gente que anda en busca de la Luz.

A pesar de todo, el velorio se fue desarrollando sin incidente alguno. Las amigas de la recién difunta doña Eleuteria del Refugio —la tía Cuca— se chuparon exactamente ocho botellas de coñac, ellas solas. Casi a razón de botella por cabeza, hazaña respetable si tomamos en cuenta que la menor del grupo tendría —por lo menos— unos ochenta años.

Contraté al sacerdote de confianza de la funeraria para que supervisara un rosario. Las amigas de la tía Cuca, lejos de lo que yo había imaginado—que serían todas unas viejas mochas—, no dejaron de beber y de hablar durante todo el rosario; antes bien algunos mafiosos y casi todos los guaruras se sabían de memoria hasta los misterios, y rezaban los Padre Nuestro y los Ave María como si los estuvieran correteando, algunos inclusive hincados en la alfombra, con los brazos cruzados.

Mi amigo Narco Decente llegó en la madrugada, cuando ya se habían marchado casi todos y sólo quedaban las amigas de la tía Cuca roncando en los sillones.

Venía impecablemente vestido, con una elegancia digna de un príncipe, además acompañado de una bella mujer negra, como de veinte años, altísima, increíblemente hermosa, vestida toda de blanco, con un sombrerito con tul y una plumita, igualmente blanco.

Narco nos presentó:

—Mi buen amigo y agente funerario de cabecera. Ella es Miss White, mi amiga personal y especialista en tanatología.

—Mucho gusto.

Miss White levantó ligeramente el tul y sonrió con discreción, mostrando la espléndida belleza de su rostro y los ojos más raros e intensos que he mirado.

Narco dejó a la tanatóloga al cuidado de Castor y me tomó del brazo, llevándome aparte.

—Perdóneme que no pude venir antes, pero no quería encontrarme con mis socios. Ya sabe, piensan que estoy loco con todo eso del budismo y prefiero no tener que andar dando explicaciones.

—Claro que sí. Espero que haya encontrado todo en orden, a su gusto.

—Todo está perfecto. Excelente.

Entonces aproveché para hacerle una pregunta íntima:

—Por cierto, ¿cómo vamos a disponer de su señora tía?

—Pues mire, ella siempre dijo que cuando se muriera, la cremáramos y la tiráramos al excusado, pero eso, desde luego, aunque no seamos nuestro cuerpo, no procede, si tomamos en cuenta el mínimo de dignidad humana requerido.

—Estoy de acuerdo.

—Aunque en alguna parte vi que unos monjes en el Himalaya ponen el cadáver de un colega a disposición de unos pinches buitres, que se sirven con la cuchara grande los muy cabrones, así que no creo que tenga gran importancia lo que hagamos con los restos de mi tía.

Asentí, como solía hacerlo siempre que él hablaba.

—Haga que la cremen, por favor, y disponga de las cenizas a discreción.

—¿Desea que las coloquemos en alguna iglesia?

—No. Mi tía odiaba las iglesias.

—Las podemos verter al mar... —al mencionar esto, pensé que sería un excelente pretexto para volver a ver a doña Lola.

—No, para nada. Imagínese que anda por allí algún niño nadando y se traga esas mierdas.

—Si lo desea, puede usted conservarlas en su casa.

Retrocedió un paso, con cara de absoluta repugnancia.

—¡No!

—Es su tía… Digo…

—Sí, ya sé. Pero no sabe el asco que me producen esas cosas.

Tomó aire por la boca y agregó:

—Muy aquí entre nos, déjeme decirle que ella misma me daba asco.

De pronto, se puso a llorar como un niño y, sacando el pañuelo de seda del bolsillo de su saco, se enjugó las lágrimas y continuó entre sollozos delicados:

—Ya no podía ir a comer a su casa porque me vomitaba.

Asentí, comprensivo, dándole unas palmaditas en la espalda.

—Me daba mucho asco… Soy muy ideático y no me podía comer lo que ella tocaba…

Seguí asintiendo, compartiendo con mi amigo un marcado gesto de asco en todo el rostro.

—Los platos, los vasos…

—Sí, sí… —lo motivé a que siguiera, sin dejar de apapacharlo.

—En fin, me daba asquito.

Lo consolé lo mejor que pude y después de un sollozo largo, se recompuso y añadió:

—Por favor, disponga de las cenizas a discreción.

—Yo me encargo.

—Y en cuanto a mi llanto, sé muy bien que lloro por culpas y no por otra cosa. Tengo que trabajar en ellas y deshacerlas en el pasado, sólo así desaparecen.

No entendí lo último, pero igual le dije que estaba de acuerdo con él y, en cuanto a lo demás, que perdiera cuidado: el asunto quedaba en mis manos.

—Bueno, tengo que irme.

—Claro que sí.

Nos dimos un abrazo caluroso, fraternal.

En aquel momento sentí claramente cómo se sellaba nuestra amistad.

A continuación, me tomó de los hombros y me miró fijamente, mientras decía solemne:

—Esto no lo voy a olvidar jamás. Gracias por todo… ¡Hermano!

—No hay nada que agradecer —alcancé a decir, antes de que me diera otro gran abrazo.

Lo acompañé a la puerta, junto con Castor, Miss White y dos muchachos tras nosotros.

Antes de subirse a un Bentley muy pesado, me dijo, en secreto:

—Es usted un verdadero amigo. No quiero cargarle la mano. Si le resulta muy problemático lo de mi tía Cuca, pues entonces tire las cenizas al excusado, como era su voluntad. Ya nada de eso tiene importancia. Ella no era su cuerpo.

XXXV

Gracias a la intimidad alcanzada con mi amigo —mi hermano— Narco Decente, me atreví a proponerle un plan al Profesor:

—Hay que secuestrar a Mister Nails, llevarlo a una casa de seguridad, juzgarlo y ajusticiarlo.

El Profesor guardó silencio un buen rato.

—¿Secuestrar a un agente de la CIA? ¿No se acuerda del pedote que armaron los de la DEA hace unos años con la muerte del Kiki Camarena?

—Sí, pero se me ha ocurrido que podemos hacerlo de manera inteligente. Él mismo nos ayuda: recuerde que el tipo sale de incógnito, en la noche. Lo secuestramos en lado mexicano y lo desaparecemos.

—Y al día siguiente va a tener a la mitad de la policía gringa de este lado, buscándolo junto con toda la mexicana.

—Precisamente. Lo secuestramos de este lado y nos lo llevamos al gabacho y allí hacemos todo. Cuando comprueben que cruzó la frontera al revisar las matrículas de su camioneta, nadie pensará en buscarlo allá, ¿no le parece? Si al Kiki se lo hubieran llevado a San Diego —por ejemplo—, nunca se hubieran enterado qué sucedió con él.

El Profesor aquilató lo que le decía, y poco a poco se le fue llenando el rostro con una gran sonrisa.

—Suena muy bien, pero es un operativo muy cabrón y debe ser muy costoso.

—No más difícil que un secuestro común, y en este caso, hasta más sencillo. Tenemos todas las ventajas sobre él.

—Muy bien, pero ¿quién va a interrogarlo, juzgarlo y ajusticiarlo?

—Yo.

El Profesor me observó largamente, enfocándome bien con sus ojos rodeados de innumerables arrugas.

—¿Ya platicó con el espejo?

—¿Perdón?

—Platíquelo primero con el espejo.

—Ya lo platiqué conmigo mismo. Muchas veces. Me siento responsable de llevarlo a cabo personalmente.

—Muy bien. Pero primero platíquelo un buen rato con el espejo. El espejo es el mejor interlocutor que hay. Es con el tipo del espejo con quien tendrá que enfrentarse el resto de su vida, después de haber llevado a cabo lo que se propone hacer.

El espejo.

Poco después tanteé el terreno con mi amigo Narco Decente, una mañana, camino al ashram.

—Dígame lo que tenga que decirme, porque llegando al ashram hay que guardar silencio.

Le dije cuál era el plan, de ser posible: secuestrar a Snail, llevarlo a El Paso, e idealmente hablando, juzgarlo en una casa de seguridad en esa ciudad o cerca de allí.

En eso íbamos llegando al ashram y mi amigo me interrumpió:

—En principio, parece un operativo de kinder.

Asentí, lentamente.

—Vamos a meditar un poco y luego hablamos.

Desde luego que no pude meditar ni un carajo. Para empezar, nunca antes lo había siquiera intentado, y luego, la emoción del operativo para capturar a Snail me tenía demasiado excitado como para concentrarme, pero por lo menos me pude hacer pendejo un rato y fingí que estaba meditando.

Salimos de allí una hora después, y nada más nos subimos al coche cuando mi amigo me extendió un globo de cristal y decantó coñac generosamente.

—Nada como una buena meditada para que funcionen bien las cosas.

Me llevaron hasta mi casa, y antes de bajarme, mi amigo dijo:

—Déjame echarle un fonazo a un cuate allá en el norte. Yo luego me comunico contigo.

—Muy bien. Gracias por todo.

—Y perdóname, pero ya te estoy tuteando.

—Ya era hora.

Sonrió dulcemente.

Ya éramos una especie de cofrades. Hasta habíamos meditado juntos en el ashram.

Las cosas iban avanzando a una velocidad que no me había esperado. Me acercaba rápidamente al momento de la verdad.

No confiaba en las instituciones encargadas de impartir la justicia y jamás hubiera soñado que delatando a Snail se aplicaría la ley. Además, el Profesor había establecido claramente que se trataba de un enfermo incurable y, como tal, era necesario eliminarlo.

Cierto que había llegado a la conclusión de que era yo el indicado para dictar y ejecutar la sentencia, sin embargo, cuando tomé la decisión de liquidar a Snail me parecía que entre ese momento y el momento de tener que hacerlo podían suceder infinidad de cosas, y el tiempo temido seguramente no llegaría.

Pero yo mismo me había encargado de que el momento de la ejecución llegara lo más rápido posible.

Aunque había que pensar en lo que el Profesor solía repetir una y otra vez: que todo estaba previamente escrito.

Si la tía Cuca no hubiera fallecido, tal vez me hubiera encariñado tanto con doña Lola que hubiera dejado pasar el tiempo y la solución al problema. O no hubiera llegado al grado de intimidad que tenía con Narco Decente como para pedirle favores mayores.

Podía ser que todo ya estuviera escrito, porque tampoco tendría en mi poder el veneno para liquidar a Snail de una manera —entre comillas— civilizada, con un infarto, mientras se bebía un trago. De otro modo, no me resultaría nada fácil. Me sentía completamente incapaz de disparar contra alguien —contra algo, cualquier cosa—. Imposible. No podría. Dentro de todo, el veneno me parecía lo más razonable.

De cualquier manera, Narco no me había resuelto nada durante los primeros tres días y me la pasaba devanándome los sesos con el plan. Incluso me obsesionaba el procedimiento para disponer del cadáver de Snail, una vez terminada la tarea.

Desde luego, Marcaida no estaba al tanto de esta fase del proyecto. No tenía caso implicarla en esas cosas —aunque tal vez ella misma sugeriría que se rompiera una botella de aceite en las escaleras del domicilio de Snail y asunto arreglado.

Algo que me llamó la atención muy agradablemente fue el hecho de que jamás interviniera. Para nada.

—Me caes muy bien, Marcaida.

—¿Por?

—Por muchas razones, pero principalmente porque no te metes en lo que no te importa.

—¿Por qué lo dices?

—Nomás.

Finalmente se comunicó mi amigo y nos entrevistamos en un restaurante vegetariano.

—No sabía que fueras vegetariano —le dije, después de saludarlo.

—Para nada. Pero este es el único lugar en donde tengo la certeza de no encontrarme con gente del negocio, incluyendo políticos, policías y todas esas lacras. Además, no quiero que vayas tanto a la casa. No te conviene que te relacionen conmigo. Puedes creerme.

Para no ser vegetariano, Narco Decente conocía bien el menú y ordenó lo que resultó ser una comida sabrosa, aunque por nada del mundo la cambiaría por unos buenos tacos de carnitas.

Ya quedaban muy pocos presuntos vegetarianos en el restaurante, y mi amigo empezó a hablar de nuestro asunto, mientras nos tomábamos un té de hierbas de no sé qué madres.

—Te conseguí a una persona para organizarte el trabajo. Desde luego, me encargué de buscar a quien menos daño puede hacer. Está poco cotizado en el medio, sobre todo porque no le gusta asesinar, ni la tortura, a menos que sean indispensables, y con esa moral no se llega a nada en esta industria. Bueno, la cosa es que esto sí te va a costar algunos billetes porque no debo intervenir en algo que involucre malos karmas, y si no cobran, me hacen el favor a mí y entonces sería cómplice. Así que lo único que hice fue establecer el contacto; ya tú te arreglas con él.

—Perfecto. Te agradezco mucho todo lo que haces por mí. Ya sé que amor con amor se paga, pero de todas maneras, gracias.

—Y a ti. Eres la única persona con la que he podido llorar.

Antes de que el asunto cayera en la cursilería, volví al tema de mi interés.

—¿Con quién debo tratar?

—Él va a llamarte para hacer una cita, cuando venga a México la semana que entra.

—Perfecto. ¿Cuál es su nombre?

—En este bisnes no hay nombres. Siempre usa su apodo.

—¿O sea?

—Sor Juana.

XXXVI

Nunca antes había estado en El Paso.

Ni lo extrañaría si no volviera de nuevo.

Por razones de seguridad, Sor Juana me había arreglado que volara hasta la ciudad de Chihuahua y de allí me transportarían en automóvil hasta Juárez.

El conductor de la pick up no resultó ser muy conversador y dormí durante casi todo el trayecto.

No estuve en Ciudad Juárez ni media hora, pero en ese lapso pude darme cuenta de que no era el escenario que me había temido. La gente no perdía el humor, ni la risa. Vi pasar un coche con una novia. La gente se seguía divirtiendo, los bares y las cantinas estaban a reventar. La ciudad seguía viviendo su vida.

Estuve sentado unos minutos en una parada de autobús hasta que se detuvo uno de turismo, gringo. Ese era el que debía abordar para cruzar la frontera y me subí, entregando al chofer el boleto que me había dado el silencioso agente de Sor Juana.

En el autobús, la mayoría de los pasajeros eran hombres, seguramente retirados, pensionados, de mi edad o un poco mayores. Había unos veinticinco en total. Varios eran chicanos. Uno de ellos me hizo una señal para que me acercara y me sentara junto a él.

No hablamos en todo el camino.

Al llegar a la frontera, todos sacaron sus pasaportes norteamericanos, y entonces mi compañero de asiento me entregó uno con mi fotografía y mi nombre perfectamente escrito.

De cualquier manera, pasar al otro lado no nos fue difícil en absoluto. Una negra como de media tonelada con uniforme de inmigración subió al autobús, inclinándolo un poco, y luego se paró junto al chofer y nos pidió que exhibiéramos los pasaportes. A continuación preguntó si todos éramos ciudadanos norteamericanos; casi ni esperó a una respuesta y bajó del autobús, liberando la suspensión del vehículo ostensiblemente.

Unos veinte minutos después nos depositaron en un "Inn", y allí me estaba esperando una mujer norteamericana, deslavada pero muy agradable de trato.

Me llevó en un Honda que se estaba desbaratando hasta una estación de autobuses; me cambió el pasaporte por otro, también norteamericano, y nos despedimos.

El autobús que tomé me dejó en un pueblito a una media hora de El Paso, y en la estación me esperaba un hombre de unos cuarenta años, de tipo cabrón pero mirada noble, la barba bien crecida y sombrero tejano.

—Sor Juana —se presentó, sin decir más.

Me llevó en la "troca" hasta una granja en las afueras del pueblito.

El lugar era bellísimo. Parecía de cuento; la casa, sacada de una estampa; por dentro, seguramente el sitio más acogedor que había conocido en mi vida.

—Sígame —ordenó Sor Juana.

Lo seguí y salimos de la casa hasta un granero color rojo, de medianas dimensiones.

Al entrar, todo parecía indicar que era un granero, pero después de que Sor Juana movió un panel de pacas de paja, descubrió una pesada puerta de metal con una cerradura de combinación. No estaba cerrada y Sor Juana la empujó, descubriendo una casa de seguridad.

—Pase.

Obedecí.

Se trataba de una casa de un piso: perfectamente decorada y equipada con computadora, teléfono, un radio de onda corta y varios fusiles y parque, dispuestos en varias partes de la casa.

—Aquí vamos a traerlo.

—Muy bien.

—Un par de mis gentes se van a quedar en la granja con usted. Son un matrimonio. Para aparentar que son los granjeros, los dueños.

—Perfecto.

—Usted instálese en la granja. Aquí va a ser solamente para trabajar

—Muy bien.

—Y tómelo con calma. No podemos apresurar las cosas.

—Desde luego.

—Puede salir, pero evite alejarse de los terrenos de la granja.

—Sí.

—No use el teléfono para nada. El único teléfono que puede usar y no por más de veinticinco segundos seguidos, es el Motorola rojo que está sobre la mesa. Tiene un código de acceso, para que nada más usted pueda usarlo.

—De acuerdo.

—Una vez que tengamos al sujeto, todo va a depender de usted, porque nosotros nos vamos a desaparecer el mismo día, antes de que empiece el desmadre con la policía.

—Muy bien.

—En cuanto a los honorarios, póngamelos en México en esta cuenta.

Me entregó el número de una cuenta y el nombre del banco. La cantidad a depositar me parecía ridícula y se lo hice notar.

—No está usted para saberlo, pero yo por mí no le hubiera cobrado nada. Le debo muchos favores a nuestro amigo, pero no sé qué cosas me explicó de unos "carnas", que no sé qué desmadre de deshacer las culpas, y como no le entendí, acepté cobrar, pero es solamente algo simbólico, puede creerme.

—Me doy cuenta. Se lo agradezco. Hoy mismo doy la orden de depositar el dinero.

—No, cuando todo termine. Cuando se regrese a México. Músico pagado toca mal son.

—Como guste.

XXXVII

En algún lugar había escuchado que la paciencia es la única virtud verdadera, y me disponía a comprobar si yo era un virtuoso en la materia. En este caso, no solamente estaba de por medio una espera importante, sino que una vez que ésta terminara, vendría algo peor aún; así que como todo es relativo a algo más, en este caso la espera sería —según yo— esperanzadora y tranquila, comparada con todo lo que pensaba que vendría después.

Doña Emma —la señora de la casa— y su marido, Elías, ambos gente de Sor Juana, eran un par de chicanos muy simpáticos y agradables. Ella cocinaba como un ángel y él era un estuche de monerías. Parecía que lo habían diseñado para matar el tiempo. Jugaba de todo: carambola, póquer, ajedrez, damas; leía el tarot; pronosticaba el tiempo; elaboraba cartas astrales. Lo que fuera. Lo único que no vi que supiera hacer era trabajar. Para todo lo demás, mostraba gran vocación.

Llevaba ya tres días en la granja, cerca de El Paso, cuando una noche recibí una llamada en el Motorola rojo.

Era Sor Juana. Que me preparara, que estaban a cinco minutos de la granja.

Me vestí rápidamente y descubrí de pronto que la cantidad innumerable de emociones, angustias y ansiedades que me había ocasionado todo este asunto habían desaparecido por completo, y lo que sentía era sencillamente *nada*.

Me bebí un buen golpe de whisky, matando el tiempo, sin pensar, tal vez por primera vez en toda mi vida.

Entonces llamaron a la puerta.

Abrí y me encontré con cuatro hombres cargando el cuerpo de un tipo muy largo —debía ser muy alto, casi dos metros—. Estaba inconsciente y completamente amordazado, los ojos vendados, y atado de pies y manos.

Uno de ellos lo colocó en una silla especial, metálica, empotrada al piso y con arneses integrados para pies y manos.

Una silla de tortura.

Una vez bien colocado y amarrado, le rompieron una ampolleta de amoníaco cerca de la nariz y empezó a recuperar el conocimiento.

—Es todo suyo —dijo Sor Juana, en voz baja—; no puede escucharnos. No se olvide de quitarle los tapones de las orejas cuando le quite los parches de los ojos.

Asentí, sin poder quitar la vista de Snail, amarrado a la silla de tortura.

—Cuando termine, marque este número desde el Motorola rojo y unos muchachos vendrán a encargarse de todo. Buena suerte.

Me dio un trozo de papel de estraza con un número telefónico escrito a lápiz. Le estreché la mano.

—Gracias por todo. Ha sido un placer tratar con usted.

—Pues sí, pero en lo que a mí se refiere, me va a perdonar pero ni siquiera lo conozco; mucho menos sé de tratos con usted. Ese es el trato. ¡Vámonos muchachos! Con su permiso.

Sor Juana me guiñó un ojo y sonrió ligeramente, después se marcharon y me dejaron a solas con Snail, quien se comportaba muy bien, a la altura de las circunstancias. Le quité los tapones de las orejas y sacudió levemente la cabeza. A continuación, con sumo cuidado, le retiré la cinta para ductos que lo amordazaba.

Automáticamente me cayó bien, porque no empezó a hacer preguntas ni a hablar a lo pendejo; se limitó a esperar. Por alguna razón, decidí no dirigirle la palabra durante un rato, mientras lo analizaba allí, atado de pies y manos a una silla de tortura empotrada al piso. Y además guardé silencio porque deseaba averiguar si Snail poseía la única virtud verdadera.

Lo estuve observando en silencio durante un buen rato —no sé cuánto—, desde que se marcharon Sor Juana y su gente hasta que le dirigí la palabra al virtuoso Snail en español.

—¿Sabe por qué está usted aquí?

No dudó ni un segundo en responder, con absoluta seguridad en sí mismo. Daba la impresión de que aquello le sucediera con frecuencia.

—Tengo muchos enemigos, muchas razones para estar aquí.

Su español era excelente, sobre todo en el uso de la gramática, mientras su acento traicionaba un poco el origen de su lengua materna.

—¿No tiene la menor idea?

—Tengo muchas ideas, ya se lo dije —su seguridad me hipnotizaba. Parecía que yo era el interrogado y no al contrario.

—¿Desea saberlo?

—¿Usted qué cree?

Me hizo sentir muy estúpido, sobre todo porque se suponía que yo llevaba todas las ventajas sobre él. Él era el prisionero y no al contrario, sin embargo, hasta ahora llevaba ganada la partida y las riendas del asunto.

Estas personas suelen ser increíblemente dominantes, a pesar de la adversidad de las circunstancias.

Recordé a Hermann Göering, al final del juicio de Nüremberg, cuando el tribunal dicta sentencia y, al llegar a él, Göering hace la pantomima de que no sirven los audífonos. Los revisan y funcionan correctamente. Vuelve a colocárselos y dice que no sirven, haciendo de nuevo el chiste, y termina riéndose abiertamente del tribunal y del juicio entero.

Se me hacía increíble que alguien tuviera el carácter necesario para reírse de aquellos que le estaban dictando sentencia de muerte.

Snail parecía de esos. Sentí ganas de abofetearlo, pero no me animaba siquiera a acercármele demasiado. Tenía la misma sensación que ocasionan aquellos perros de pelea a los que ponen cinturones para controlarlos y un buen bozal, y esto, en vez de hacerlos merecedores de cierta confianza, los vuelve más diabólicos aún.

En cambio, decidí asestarle —según yo— un golpe psicológico en seco.

—Tengo en mi poder una cierta cantidad de fotografías tomadas en fecha reciente en un paraje cercano a Ciudad Juárez, de noche, con cámara de rayos infrarrojos, en las cuales aparece usted desde el momento de recoger a una niña hasta disponer de su cadáver con unas cuantas paladas de tierra.

Permaneció inmóvil. Como tenía vendados los ojos, en un momento determinado parecía que se había quedado dormido.

—¿Me entendió?

—Perfectamente.

—¿Y?

—¿Y?

—¿Se trata de usted? ¿Es la misma persona que en las fotografías?

—No he visto las fotografías.

Si seguía así, iba a terminar yo mismo amarrándome a una silla de tortura para que él me interrogara.

—No se haga pendejo. Sabe muy bien a qué me refiero.

—¿Está seguro de que soy yo?

—Absolutamente.

—Entonces, ¿por qué me pregunta?

El tipo estaba controlándome y poniéndome muy nervioso.

—¿Asesinó usted a unas niñas en la Ciudad de México en 1968?

—Sí.

Una vez más me quedé atónito. ¿Qué seguía ahora?

—¿Tiene algo que decir en su defensa?

—¿En qué defensa?

—En la suya.

—No me estoy defendiendo.

Sor Juana me había prevenido sobre el hecho de quitarle la venda de los ojos. Si lo hacía, inevitablemente tendría que eliminarlo. De otra manera, si escapaba con vida, Nails dedicaría toda la inmensa infraestructura a su alcance para cazarme —a mí y a todo el equipo de Sor Juana—. Sin embargo, no pensaba en liquidarlo o no. Sólo quería mirar sus ojos. Observar su mirada. Ver si en verdad, como el Profesor había sugerido, se trataba de un loco.

Por otro lado, la inteligencia que había demostrado hasta ahora no lo hacía parecer un demente.

Sin pensarlo más, le quité la venda de los ojos. Parpadeó varias veces y por fin soltó unas cuantas lágrimas debido a la irritación que le ocasionaba la luz.

—Gracias.

No supe que contestar y no dije nada.

Observé sus ojos, mientras él todavía no podía enfocar los suyos en mí. Eran de un azul titanio muy cabrón. Probablemente eran los ojos más cabrones que había visto en persona en toda mi vida.

Una vez que enfocó el escenario, inclinó la cabeza a guisa de saludo, como si se tratara nada más de una visita social.

Guardó silencio hasta que yo, nervioso, sin saber qué hacer, le ofrecí un cigarrillo.

—No, gracias.

—¿Algo de beber?

—Una coca cola me sentaría muy bien, de ser posible.

—¿No prefiere un coñac o un whisky?

—No, gracias. Una coca está bien.

Me dirigí desconcertado al refrigerador. Si no bebía alcohol, no podría disolver las gotas que me había dado doña Lola. Saqué una coca cola enlatada, la abrí, le puse un popote y la acerqué a Snail con gran precaución, a pesar de que estaba prácticamente inmovilizado. Le dio varios sorbos y casi se terminó el contenido.

—Gracias.

—De nada.

—No cabe duda de que es usted una persona muy especial.

No pensaba dejarme halagar por aquel asesino, enfermo o no enfermo, pero mi ego reaccionó descomunalmente ante el tono utilizado por Snail.

—¿Podría decirme cómo me descubrió?

—Claro que sí.

Le platiqué sobre el Profesor y todo lo demás. Sus ojos prestaban una atención muy particular en mí y me ponían más nervioso. Ni una sola vez me interrumpió, y al terminar, simplemente dijo con acento muy marcado:

—Lo que demuestra que internet puede ser una puta maldición.

Le ofrecí otra coca cola y la aceptó.

Por alguna razón que no alcanzaba a —ni me interesaba— comprender, no me preocupaba que no bebiera. No sabía cómo habría de liquidarlo, pero eso tampoco era importante. Se veía muy lejano. Casi en el fin del mundo. Al final de los tiempos.

Snail no bebía, pero yo sí me serví un buen trancazo de whisky para bajarme un poco la presión, porque aquel sujeto era algo que nunca me había cruzado la cabeza que pudiera existir y me elevaba la presión notablemente.

—¿Qué piensa hacer ahora?

—No sé. El Profesor ha estado en la cárcel durante casi treinta y cinco años por su culpa.

—Su "Profesor" debería considerarse un hombre afortunado. La mayoría de las personas que se han topado en mi camino han tenido que fallecer. En ese entonces estaba yo muy joven y todavía tenía algún tipo de sentimiento parecido a la lástima. Había pensado en pagar para que lo mataran dentro de la prisión —cosa muy sencilla— pero luego lo pensé bien y lo dejé en paz. Fíjese, si yo hubiera procedido como se debe, si hubiera mandado liquidar al pobre diablo de su amigo, ahora mismo usted y yo no estaríamos aquí

—No es un pobre diablo.

—¿Cuántos no "pobre–diablos" conoce que estén tanto tiempo en prisión?

A mí no me parecían pobre-diablos: el Profesor, el Copias, el difunto Viagras y otros más, pero los contemplaba desde un punto de vista espiritual, y Snail era una bestia y las bestias no tienen espíritu, así que no pensaba discutir con él acerca de los valores humanos.

—¿Qué? Como dicen ustedes, ¿ya le moví el petate?

—El tapete.

—Es igual. Si no me equivoco, esto es una especie de juicio sumario y estamos en la fase del interrogatorio. Sólo que hay un par de cosas que no parecen estar funcionando.

—¿Cuáles son?

—La primera, que el operativo para secuestrarme fue exacto y no corresponde a la personalidad de usted, y la segunda, debo decir que usted es el peor interrogador que he conocido.

—Sí. De hecho, no soy interrogador, ni juez, ni nada de eso, pero como le digo, el interesado se encuentra en prisión y no puede encargarse del asunto personalmente.

—Bueno, pues estoy convencido de que en este mundo hay de todo. Mi trabajo ha consistido en conocer a la gente. La manera más rápida y fácil es conociendo sus terrores y trabajar en ellos. Por la personalidad de usted y también por lo que ha dicho, veo que es un hombre de valores. Solamente una gran amistad puede mover a alguien a llegar hasta donde usted ha llegado. Aquel que conoce la amistad y la valora, invariablemente posee otros tesoros espirituales.

Me parecía que mi ego era un imbécil, pero los halagos de aquel hombre me llegaban bien adentro. No podía evitarlo.

—Por lo mismo, usted no es la persona indicada para este trabajo. La nobleza humana que posee le impide siquiera abofetearme; mucho menos podría asesinarme.

—Ya veremos.

Snail sonrió y esa sonrisa me heló la sangre. Era la sonrisa de un niño. De un niño sano e inocente.

—¿Puedo preguntar por qué asesina así nada más?

—No lo sé a ciencia cierta. Durante una etapa de mi vida pensaba mucho en el asunto, pero un día me levanté y ya lo había dejado atrás. No sabría decirle. Esa es la respuesta adecuada.

—¿No tiene remordimientos de conciencia?

—No tengo conciencia.

Me sentía como si hubiera chupado un par de ácidos; estaba alucinando barato.

Y no era para menos.

En una casa de seguridad, en el gabacho, en medio de un operativo llevado a cabo por narcos —decentes—, interrogando a un alto funcionario de la CIA, privado ilegalmente de su libertad, quien, a su vez, era probablemente uno de los especialistas más completos del mundo en lo que a interrogar se refería.

Hasta aquí, Snail llevaba ganada la partida. Seguramente sí bebía alcohol, pero no deseaba ser narcotizado. Una coca cola se abría allí mismo, era más segura.

Había subrayado que no se estaba defendiendo, lo cual anulaba cualquier valor de un juicio, ya que no había parte defensora.

Seguramente, tampoco fumaba para evitar ser envenenado.

Como no había límite de tiempo, decidí dejarlo allí, y sin decirle nada, me salí del búnker a tomar aire fresco.

XXXVIII

La noche era templada, muy agradable. Sin embargo, el golpe del aire fresco me ocasionó un ligero mareo. Caminé sin rumbo durante unos minutos, y cuando me di cuenta, estaba en medio de un plantío que no acertaba a identificar con qué estaba sembrado. Me agaché y arranqué uno de los tallos que veía, y me sorprendí cuando al jalarlo se vinieron con él varias cebollas.

Nunca había estado en un plantío de cebollas. Mejor aún, no tenía idea de cómo se cultivaban.

Entonces pensé que eran muchas las cosas —demasiadas— de las que no tenía idea alguna.

Por supuesto, los libros y las películas me habían mostrado muchas cosas que no conocía personalmente. Desde adolescente había tomado la lectura como una especie de adicción. Leía un libro tras otro a una velocidad que hasta a mí me sorprendía.

Leía prácticamente de todo. Nunca me había concentrado en un solo tema. Cuando había leído sobre la segunda guerra mundial, los monstruos que la habían protagonizado no parecían reales: Stalin, Hitler, Churchill y —tal vez— el peor de todos:

Truman. Los asociaba con personajes de caricatura. No me parecía que encarnaran el Mal.

Seguramente la lejanía nos ponía a buen resguardo de tales bichos, pero aquellos que los sufrieron de cerca —Siberia, Auschwitz, las colonias inglesas o un bombazo atómico sobre población civil absolutamente indefensa— deben haber pensado diferente. Ahora me daba cuenta muy bien, porque tenía en mis manos un monstruo cercano.

Ciertas cosas nos hacen pensar en que temas tan sencillos o simples se nos hayan escapado del raciocinio. Es la cercanía la que da proporción al miedo. Desde pequeños, el verdadero problema no es la existencia del Coco, sino a qué distancia puede encontrarse de nosotros.

Ahora la fatalidad me había acercado lo más posible al Coco y no era miedo lo que me producía. El problema real con el Coco era el descontrol que traía consigo. El caos que sembraba en cualquier orden de pensamiento coherente. No era miedo. Era mucho peor que eso. El miedo, bien o mal, lo conocemos de memoria. Esto era algo a lo que nunca antes me había enfrentado.

Un monstruo cercano.

Por otra parte, mientras me paseaba por la granja en medio del silencio más placentero —serían las cuatro de la mañana— sentí de pronto una especie de inspiración. Al mirar las estrellas con la claridad de aquella noche, me sentí más integrado que nunca con el universo. En todos los aspectos, porque al tratar con Snail, también había conocido atrocidades y aberraciones de las cuales no tenía conciencia de que fueran posibles.

Mi umbral de sensibilidad había aumentado considerablemente.
Gracias a Snail.

Un poco más animado, tomé el camino de regreso al granero y a la casa de seguridad.

XXXIX

Encontré a mi prisionero en la misma posición en que lo había dejado. No es que hubiera muchas para escoger, pero parecía una figura de cera y no un ser humano.

Ni siquiera levantó la mirada cuando entré.

—¿Cómo se siente?

—Cansado. He tenido un día muy largo.

—Yo también, no se crea. Quizás mucho más largo que el de usted mismo.

—Estoy seguro de eso.

Snail no permitía la réplica. En todo estaba de acuerdo y todo lo confesaba rápido y con la verdad, y yo cada vez tenía menos elementos a mi alcance para prolongar aquella farsa.

—No sé qué hacer con usted.

—Me lo imaginaba. Usted es una persona honesta. Una buena persona. Productivo, fiel, acomedido; puedo asegurar que hasta paga sus impuestos puntualmente. Usted no puede ser sino eso. No tiene elección. Uno nunca tiene elección entre el bien y el mal. El albedrío es la tercera mentira más grande que ha inventado el ser humano —después del bien y el mal, desde luego.

Su voz era magnética, bien modulada. A pesar del acento, ejercía una suerte de hipnosis.

—Continúe, por favor.

—No hay tanto qué decir. Shakespeare lo resume así: "No hay tal cosa como el bien o el mal. Es el pensamiento el que nos convierte en una u otra cosa."

—No sé qué pensamiento "shakespeareno" puede no ver mal el hecho de asesinar niños inocentes.

—Nadie es inocente. Particularmente los niños y niñas que yo he transformado.

—¿Transformado? Es la primera vez que escucho esa palabra para designar matanza.

—¿Qué pueden tener de inocentes los niños de la calle? ¿Dónde está la inocencia de una prostituta quinceañera?

Corté de tajo.

—¿Quiere otra coca cola?

—No. Prefiero algo más fuerte. Coñac estaría bien, para activar la circulación. No es nada grato estar aquí amarrado.

—Siento no poder ayudarlo, pero por motivos de seguridad mis compañeros se llevaron las llaves de la silla.

—Bien hecho.

Serví el coñac delante de él y se lo escancié, y después se lo acerqué a la boca y bebió con cierta ansia. Luego separó los labios de la copa, tomó aire profundamente por la boca y bebió el resto de la copa.

—Maneja usted muy bien el alcohol, Mister Nails.

Estaba un poco rojo. Tomó más aire y por fin sonrió ampliamente.

—Hacía mucho tiempo que no me llamaban así. Creo que desde la invasión a Panamá, porque a Irak solamente me dejaron ir la primera vez, y esa guerrita fue muy insignificante.

—¿Quiere un cigarrillo?

—¿Por qué no?

Le encendí un cigarrillo y se lo acerqué a la boca. Aspiró profundamente.

—Debió mejor haber contratado a alguien.

—¿Perdón?

—Para este trabajo. No es tan fácil como parece.

Guardé silencio. Me sentía humillado. Tenía razón. No podría interrogar ni a un niño de diez años, ¿cómo pretendía interrogar a este catedrático de la CIA?

—Parece mentira lo rápido que piensa uno en situaciones como ésta. Tanto usted como yo. El cerebro trabaja a una velocidad fenomenal. Por eso los soldados en Vietnam se ponían tan locos. Por mucha mariguana que les diéramos, siempre tenían los nervios de punta.

Seguí callado. Si aquel era el interrogatorio para una especie de juicio sumario, tendría que escuchar al acusado. No había de otra, y con este personaje, menos.

—Lo analicé mientras estuvo fuera.

—¿De veras? —intenté sonar desinteresado, pero el análisis de Snail me interesaba muchísimo.

—Sí.

Esperé durante unos segundos, pero no dijo nada más. Me tenía pescado de los güevos.

—¿Y a qué conclusión llegó con su análisis?

—A ninguna. Nunca llego a conclusiones. Una conclusión significa algo definitivo y no existe tal cosa.

—¿Alguna vez habla usted en concreto?

—Sí.

Después de un silencio prolongado, perdí el control.

—Tiene usted mucha suerte. Si yo fuera un verdadero interrogador, ya le habría volado los pinches cachetes a bofetadas.

—¿Y por qué no lo hace?

Me había desesperado, pero no estaba enojado, así que mantuve el control. No contesté ni hice nada.

—¡Hágalo! Se va a sentir muy bien.

—No todos estamos enfermos.

—¿No?

—Por lo menos, no tan enfermos como usted.

—¡Ah!

Estaba grueso Mister Nails; ya hasta me había orillado a llamarme enfermo.

—¿Quiere que lo provoque para que me mate?

—No.

Ahora era yo quien guardaba silencio y no daba explicaciones. De alguna manera, el coñac y el cigarrillo le habían aflojado algo la lengua.

—Puedo hacerlo, se lo garantizo.

—No lo dudo.

—¿Entonces?

—Tal vez no quiero asesinarlo.

—*Oh, my God!* ¿Entonces?

—Ya se lo dije, no lo sé.

—Mientras estuvo fuera llegué a la conclusión de que si me llegara el fin ahora mismo, me estaría bien que fuera aquí, a manos de alguien como usted. ¿Cómo pensaba matarme?

—Con veneno.

—¿Cuál?

—No sé, se disuelve en alcohol. En coñac, por ejemplo.

—Es un curare. Podría haberlo goteado en el globo coñaquero y en un vaso, y con cualquiera que hubiera elegido me hubiera matado. Ya podría haber terminado todo.

—¿Desea más coñac?

—Sí, por favor.

Lo serví, se lo acerqué a la boca y sorbió casi todo el contenido; luego respiró y se alejó de la copa.

—¿Cómo asesina usted a sus víctimas?

—Hay muchas maneras. Normalmente les presiono las carótidas y con eso es suficiente. Es limpio, indoloro, rápido y seguro.

—¿Cómo puede ser tan frío?

—Usted pregunta. Yo contesto.

—Bueno, creo que ya he escuchado suficiente, yo creo que...

Me interrumpió enérgicamente.

—Usted no ha escuchado nada todavía. No sea cobarde. Antes de tomar una decisión con respecto a mi persona, tiene que saber mucho más de lo que sabe.

—No deseo saber más. Hasta aquí, ya no puedo con el asco.

—Ni siquiera ha pensado de quién se trataba.

—¿A qué se refiere?

—A aquellos a quienes los ignorantes llaman víctimas.

—¿Quiénes eran? ¿Usted lo sabe?

—Mejor que usted, desde luego. Se trataba invariablemente de niños de la calle y prostitutas jóvenes. Gente muy desafortunada. De hecho, los escogía por jodidos. Esa era la condición principal. Y lo que vino a buscar aquí es muy sencillo.

—¡Ah! ¿Sí?

—Sí.

—¿O sea?

—Usted no tiene la más remota idea de por qué lo hago.

—Ya se lo pregunté y me dijo que no lo sabía.

—Eso fue al principio; cuando no sabía bien con quién estaba tratando. Usted, más que un interrogador o un verdugo, es mi confidente, y aunque no lo crea, terminará siendo mi albacea.

No sabía de qué me hablaba, pero deseaba saber qué lo hacía asesinar.

—¿Por qué lo hacía?

—Soy un enfermo, desde luego. Podríamos pasarnos horas de psicoanálisis y un especialista me daría la razón. Todos tenemos una razón para hacer las cosas, ¿se ha fijado? La señora no está bien atendida y le pone los cuernos al marido; el empleado está mal pagado y le roba al patrón; el gobierno es rata y el empresario por eso no paga impuestos. Siempre hay una razón para todo, así que no pienso aburrirlo con mi historia clínica. Sin embargo, debo añadir que, dentro de mi patología, soy un filántropo. Asesino a los jovencitos jodidos por mera filantropía.

XL

Snail me platicó todas sus razones y me dejó profundamente impresionado. Para comenzar, no parecía estar loco. La mecánica, la técnica y —valga la expresión— el arte con los que llevaba a cabo sus ejecuciones estaban bien razonados y pensados, con lógica inobjetable. Si lo hubieran puesto a guiar un cohete a la luna, no habría sido más exacto. Era muy inteligente y no había tenido un solo arrebato. En ningún momento lo había visto actuar fuera de lo normal, excepto por el sorprendente control que tenía sobre su cuerpo.

Cuando concluyó su versión de los hechos, me encontraba muy fatigado. Ya tenía suficiente por un día, noche o lo que fuera. Amordacé a Snail y no le di explicación alguna. Salí de la casa de seguridad, cerrando la puerta con llave tras de mí, dejando la luz encendida, y me dirigí a la casa para comer algo y para intentar descansar un poco.

No me importaba que Snail estuviera incómodo o hambriento. Por lo menos, le había acercado la bacinica un par de veces y lo había ayudado a orinar.

—No se preocupe por mis intestinos, tengo un gran control sobre ellos. Soy un hombre muy disciplinado.

Ya había amanecido y doña Emma preparó café y huevos con jamón, deliciosos. Ni ella ni su marido me preguntaron absolutamente nada en referencia a Mister Nails y yo tampoco mencioné nada. Ese era el trato.

Al terminar de desayunar me disculpé con ellos, fui a mi habitación, tomé un buen baño y luego me dejé caer en la cama.

No tardé en quedarme dormido.

Estaba tan cansado que al despertar no recordaba haber soñado nada, pero había una alarma encendida en mi cerebro y por alguna razón me invocaba a revisar a Snail. Por otro lado, cuando ya estuve más consciente, consideré que en ese momento lo más importante era yo y no el prisionero. No podía escapar, así que me volví a quedar dormido.

Eran casi las nueve de la noche cuando volví en mí, absolutamente desconcertado, sobre todo al tocar la cama y no sentir el calor de Marcaida a mi lado.

Una vez que me hube ubicado, me senté en la cama, me concentré un minuto o algo así, y luego me vestí y bajé. La casa estaba en completa oscuridad. No había rastros de doña Emma ni de Elías.

Me dirigí al granero.

Abrí la puerta de la casa de seguridad, y lo primero que me llamó la atención fue que yo había dejado la luz encendida y ahora estaba apagada. Lo segundo que me llamó por completo la atención, una vez que encendí la luz, fue que Mister Nails no estaba donde lo había dejado.

Me acerqué a la silla. Los tirantes metálicos para manos y piernas estaban desabrochados; no los habían cortado, ni raspado. Las argollas habían sido abiertas con la llave indicada.

Me serví un buen trago y volví a la casa; busqué a don Elías y a su mujer, pero no estaban.

Regresé al granero y a la casa de seguridad. En eso sonó el Motorola rojo:

—Una pick up blanca lo recogerá en la puerta de la granja en veinte minutos. Cierre todo con llave y apague las luces.

Mi interlocutor colgó el teléfono y obedecí la orden. Ya no había nada que hacer allí.

Una mujer chicana me recogió en la pick up blanca y me llevó a Ciudad Juárez. En el camino, se deshizo del Motorola rojo y me intercambió el pasaporte por uno nuevo, mexicano. No habló mucho y no quise importunarla. No se veía de humor como para hacer nuevos amigos.

Abordé un autobús en la estación de Juárez, con un boleto que la malhumorada me entregó, y en Chihuahua me recogieron, me llevaron al aeropuerto y me dieron un boleto de avión para la Ciudad de México.

Todo el operativo fue perfecto.

A excepción de que no sabía dónde estaba el prisionero, todo lo demás había salido muy bien.

No volví a ver a Snail ni a Sor Juana, o a alguno de los involucrados en el operativo.

Lejos de lo que nos habíamos imaginado todos, no hubo ningún tipo de operativo, despliegue policiaco, ni movimientos distintos a los cotidianos. O todavía no sabían de la desaparición de Snail o, de plano, a nadie le importaba.

XLI

El recibimiento que me hizo Marcaida me emocionó como a un niño. Había comprado un montón de mis golosinas preferidas —incluyendo varias botellas de Chivas— y las había colocado sobre la mesa del comedor, junto con un moño grande. En una cartulina había pintado con plumón: "bienbenido".

Compró la comida que más me gustaba, nos empedamos juntos, hicimos un buen rato el amor y nos dormimos. La bendije cuando no me preguntó nada sobre el asunto.

Al día siguiente, fui al reclusorio y le di al Profesor un reporte completo sobre mis actividades en El Paso.

—Si esos muchachos decidieron tomar cartas en el asunto, debe usted estar agradecido; por lo menos no tuvo que hacer nada contra sus propios principios.

—No fue cuestión de principios, Profesor. El verdadero dilema surgió en cuanto me dijo que era un filántropo.

—A ver, platíqueme.

—¿Puede conseguirme un chupe?

—Aquí tengo una de "Herradura." Sírvase.

Me serví un buen vaso; el Profesor no aceptó beber. Me acomodé lo mejor que pude en la silla de plástico y le narré al Profesor la teoría de Mister Nails, el asesino de niños.

XLII

El progreso tecnológico parece avanzar en sentido geométrico; además, directamente proporcional al tiempo empleado para la manufactura y distribución comercial de dichos avances. La robótica nos invade. La computación hace tiempo que es parte de la vida diaria de cualquiera que tenga un televisor o un aparato telefónico de cualquier tipo. Grandes descubrimientos pasaron relativamente desapercibidos, como por ejemplo el advenimiento pleno de la nanotecnología, o el logro —verdaderamente mayúsculo— del completo mapeo del genoma humano.

Hasta hace un par de décadas, para la mayoría, el hecho de poder replicar a un ser humano —clonar— parecía, a simple vista, una locura, y hoy es perfectamente posible y hay una buena cantidad de compañías que quieren tener su tajada en el amplísimo y jugoso mercado del genoma humano —y, para el caso, todos los genomas del universo conocido—, vía patentes.

Desde que la ley norteamericana lo aceptó como legal, cualquiera puede patentar organismos vivos.

La cuestión es de tal magnitud que el día menos pensado, cualquiera de nosotros puede amanecer patentado.

Cuando me enteré, no alcanzaba a creerlo, pero pensé que estábamos hablando de un negocio donde hay toneladas de dinero.

Con estas y algunas otras razones, no me costó demasiado dar crédito a la historia de Snail acerca de los clones.

Mister Nails me invadió con infinidad de detalles, muy concisos.

Se consideraba una especie de depredador genético, de esos que todos llevamos dentro.

—No se asuste con la palabra. El ser humano es el peor depredador que ha pisado el planeta. Ningún otro ha inventado jamás un revólver o una bomba atómica, sólo por decir algo.

Mister Nails me había explicado cosas que no había pensado o no había deseado pensar antes.

Por ejemplo:

—Piense en las vacas y en las gallinas, para no ir muy lejos. A las pobres vacas las apareamos con el toro que nosotros deseamos, o de plano la inseminamos artificialmente, cuando nos parece bien. Les arrebatamos el becerro, lo matamos para quitarle la piel y todo lo demás, y nos robamos su alimento, la leche nuestra de cada día. Cuando la vaca ya no sirve para nada, la hacemos servir. Devoramos su cadáver, utilizamos su piel. Con los desechos fabricamos alimento para perros o gatos. En cuanto a las pobres gallinas, les va peor aún, porque en nuestras granjas altamente automatizadas todo el día es de día, y ya ni siquiera hay que fecundar a las gallinas, ya que un aditivo en el alimento que ingieren las mantiene constantemente fecundadas. Nos robamos a sus hijos y nos los comemos, y al final a ellas también nos las comemos. Devoramos sus cadáveres. Sólo un par de ejemplos, pero, como ve, el ser humano no es exactamente la hermana de la caridad que deseamos ver.

—Estoy de acuerdo con usted en lo básico, pero de allí a masacrar niños, hay una gran distancia.

—No tanta. Mire: trabajé una temporada en un rastro cuando tenía catorce años, y allí aprendí cómo se asesina a un caballo o una vaca o lo que sea que pretendamos transformar. La extraordinaria crueldad con la que sacrifican a los animales es cotidiana. Yo pensaba: "Ninguno de los que trabajan aquí puede llevar una vida normal fuera." ¿Cómo podían ser comprensivos, y mucho menos cariñosos, con sus hijos y sus esposas después de haber sido parte de las ejecuciones despiadadas que llevaban a cabo durante el día? Desde entonces, decidí que mi afición por asesinar se enfocaría en aquellos seres que estaban condicionados por la sociedad a ser unas piltrafas humanas. De esta manera, mataría dos pájaros de un tiro. Por un lado, le daba rienda suelta a mi genética de depredador asesinando, y por el otro, les evitaba el sufrimiento de la vida de mierda que les esperaba. Para entonces, me gustaba arrancarles una uña. Las guardaba e incluso podía identificar algunas en particular. Cuando la genética se convirtió en negocio, seguí arrancando las uñas, pero con otro propósito.

Me hizo un gesto para que le diera más coñac y luego continuó:

—Cada vez que arranco una uña, la deposito para que archiven el ADN de los sujetos liquidados en una compañía especializada, con el objeto de que en el futuro los vuelvan a hacer y tengan la oportunidad de una vida mejor. ¿Qué le parece?

No alcanzaba a comprender bien lo que decía. Como la gran mayoría de nosotros, he oído mucho y leído algo sobre la clonación, pero no me imaginaba que fuera ya una cuestión de tal certeza, de precisión tan avanzada.

—Y mucho más de lo que se imagina. Por ejemplo: Equis, niño de la calle de catorce años, producto de una violación, consumidor de solventes durante más de la mitad de su vida. Ya ha asesinado a una docena de tipos y ha violado a cuanta niña de la calle —o no de la calle— se ha encontrado en su intoxicado camino. ¿Tiene solución? ¿Algún romántico perdido cree que este niño puede ser rehabilitado? Seamos francos, por una vez. La respuesta es *no*. Muy bien. Lo elimino y le arranco una uña, que será de donde, a su debido tiempo y en su momento, Equis renacerá a un mundo nuevo, sin violaciones, sin asesinatos y sin niños de la calle.

—Me cuesta mucho trabajo creerle. No por otra razón, sino la falta de costumbre... Usted sabe.

—Sí. Yo sí sé. Es el mundo el que no sabe en qué terreno está pisando. Y si la genética está tan avanzada, eso no es nada en comparación con la nanotecnología y la robótica. En un mundo diferente, con todas esas herramientas a la mano, ya no deberían existir la enfermedad ni el hambre, ¿no cree usted?

Tenía razón, ¿qué podía decirle? Me sentía cómplice de todo aquello que mencionaba.

—Todos los avances en cualquier campo de la ciencia pasan primero por el filtro del departamento de defensa de alguna potencia. Absolutamente todos. Si el Pentágono encuentra útil algún descubrimiento, lo utiliza primero para matar y después deja acceder a él a los industriales del ramo, a ver para qué más sirve el invento.

—¿Por qué me dice todo esto? ¿Ahora sí se está defendiendo?

—No. Creo que, debido a las circunstancias, estoy pasando mis últimas horas en la Tierra, así que ¿por qué no compartir mis ideas con alguien?

No deseaba seguirlo escuchando. Me enfermaba. Infectaba mi espíritu. Sin embargo, algo dentro de mí exigía aquella prueba. El espíritu debe desarrollar una especie de vacunas de vez en cuando. Por otra parte, lo que decía era cierto. Cualquiera que se tomara la molestia podía comprobarlo.

—¿Qué es lo que tanto le molesta de lo que le digo?

—No lo sé. La insanía de la humanidad, tal vez.

—¿Insanía?

—Locura.

—Puede ser, pero recuerde que la normalidad, de acuerdo con el diccionario, es la calidad de norma, y esto quiere decir: conforme a la regla. Ya lo había dicho el buen Leonard Cohen hace años: "I've seen the future, brother, it is *murder.*" "He visto el futuro, hermano, y es el *asesinato.*" Esa es la regla, mi amigo, la norma: la guerra. Estuve en Nam y me maravillaba de que sólo a unas horas de distancia en avión, lo que allí hacíamos por rutina —y hasta nos otorgaban medallas—, en la patria se castigaba con la silla eléctrica.

Pensaba en la fábrica de monstruos que teníamos en marcha. Aquellos que regresaran no podrían ser unas blancas palomas. Eso lo teníamos bien claro. Tarde o temprano aparecería el monstruo que les habíamos inoculado. Tarde o temprano el subconsciente se impondría y el consciente no reconocería la diferencia entre Saigón y Nueva York, entre My Lai y Dallas. Como finalmente ocurrió. Espere un poco y verá lo que sucede con los pobres diablos que regresen de Irak. Así que si la normalidad es asesinar, el insano es usted y no yo. Desde un principio insiste usted en la cuestión de la locura y ya le dije que esa es pura moralina. Aquí no hay locos ni cuerdos, ni buenos o malos; aquí hay cucarachas, virus, bacterias, ratas, tigres, leones, zebras, focas, ballenas, tiburones y humanos. Ni buenos, ni malos; cada uno tiene una función predeterminada en el universo y una causalidad genética, atmosférica, de entorno y social, que lo conducen por la vida movido por las circunstancias, sin tener tiempo siquiera para darse cuenta de si la decisión que creyó tomar fue la acertada, pues ya tiene frente a él la siguiente opción aparente y —según él— la escoge. Pero no. Todo es de facto. Todas las decisiones se tomaron al momento mismo del Big Bang. La fatalidad, el destino, es lo único real y no hay de otra. O al menos esa es mi teoría, por supuesto.

—¿Nunca pudo escoger no matar?

—Le acabo de decir que nunca he podido escoger nada y usted tampoco. ¿Puede usted escoger matar? ¿Puede usted escoger violar, o robar, o ser deshonesto? No puede, mi amigo, por la sencilla razón de que no está *dotado* para esas cosas. No está equipado, en otras palabras.

Este gringo todo lo decía en otras o en pocas palabras, pero su discurso estaba haciendo temblar un poco los conceptos morales y valores formados a lo largo de toda mi vida.

Sin el albedrío, ¿dónde quedaban el mérito, la virtud, la generosidad, el heroísmo?

Aunque, al mismo tiempo, se disculpaba todo.

Proseguí el interrogatorio.

—¿Cuántas personas ha liquidado?

—¿Profesionalmente?

Me sacó de balance. Yo lo estaba mirando nada más como asesino en serie y Snail también era un agente de la CIA.

—No. ¿Cuántas personas ha liquidado como asesino en serie?

—Ninguna.

—¿Perdón?

—Ya le dije qué clase de gente eliminaba. Pero nunca fueron personas. La sociedad se encargó de que nunca lo fueran. En ningún momento les brindó apoyo o protección alguna; jamás proveyó para ellos. Tal vez se encontraba muy entretenida condenándolos.

Snail había abusado del lenguaje e incluso me había dado el nombre de la compañía donde tenía depositadas las uñas de sus víctimas, y en un alarde de confidencialidad —"Esto no se lo platicaría si me hubiera torturado"—, me explicó el modo de envío y depósito. Me hizo anotar el número de la cuenta y la contraseña para entrar a su archivo a través de internet.

—La compañía maneja ese ADN en el momento en que se cumplen determinadas circunstancias y pone en marcha el proyecto.

Snail no era exactamente la imagen que yo tenía de un filántropo, pero incluso había abierto fideicomisos bancarios a nombre de los asesinados para que, al emprender sus nuevas vidas, lo hicieran con el pie derecho.

Fue entonces cuando la fatiga me dominó y me dirigí a comer el último desayuno en compañía de doña Emma y el buen Elías.

XLIII

El Profesor se quedó ensimismado.

No me parecía que las noticias lo hubieran animado de alguna manera.

En un momento determinado de la historia, se había deprimido como nunca lo había hecho antes en mi presencia, e interrumpiendo la narración le pregunté:

—¿En qué piensa, Profesor?

—Nunca me hubiera imaginado esto. Llevo más de treinta años estudiando el comportamiento de ciertos asesinos en serie y jamás me pasó por la cabeza esta posibilidad.

A mí tampoco. Pasé todo el regreso de Chihuahua a la Ciudad de México dándole vueltas en la cabeza al asunto. Las ideas descabelladas eran difíciles de digerir por el prejuicio siempre existente en asuntos tan escabrosos.

Mister Nails no había violado ni asesinado a la mayoría de las muertas de Juárez. Su contribución había sido humilde y "humanitaria" y, por si fuera poco, con garantía de reemplazo.

Por mi parte, tampoco estaba muy contento. Para comenzar, me hubiera gustado saber qué había sucedido con Nails. Aunque también agradecía no haber tenido que tomar decisiones respecto de su final.

Me dediqué de cuerpo entero a no hacer nada, al lado de Marcaida. No acepté la invitación más reciente de Porcayo, porque no deseaba meterme en problemas conmigo mismo y sabía muy bien que doña Lola me iba a meter en demasiados.

Mejor, a descansar.

A no hacer nada.

Desde luego que esta es otra estupidez de la civilización, porque la verdad es que *no se puede estar sin hacer nada.* Es imposible. Algo tiene que hacer uno, aunque su propósito sea el de no hacer nada. Por lo menos levantarse a echar una meada o algo parecido. En mi caso, la lista era extensa: me bañaba, me rasuraba, me cepillaba los dientes, me vestía; metía la ropa a la lavadora, luego a la secadora; aspiraba algunos rincones de la casa que Marcaida prefería ignorar; preparaba las bebidas, hacía los pedidos a la tienda de abarrotes —y los cheques también—. En fin, podía decirse absurdamente que no hacía nada porque no había recompensa salarial. Por esta razón hay demasiados hombres que piensan que sus esposas no hacen nada, mientras ellos salen a trabajar.

Además, en el no hacer nada se incluía tratar de mantener —más o menos— satisfecha a una mujer muy joven y muy ardiente —sin viagras, ni cosas de esas—, lo cual, a los cincuenta y tantos, ya significa hacer bastante.

En esas estaba —sin hacer nada— una tarde, cuando mi amigo Narco Decente me llamó y fuimos juntos al ashram.

Una vez terminada la meditación y demás, y cuando bebíamos un buen coñac —no plástico— en la parte posterior de una todo terreno acondicionada, me dijo:

—¿Cómo viste el operativo?

—Muy chingón. No veo otra manera de definirlo.

—Se te adelantaron, pero creo que fue por tu bien.

—¿Te puedo pedir un favor de amigos?

—Los que quieras.

—Platícame qué sucedió.

—No puedo.

—¿Por qué?

—Porque no lo sé. Eso fue lo pactado: no se me debía informar de nada.

—¿Y cómo sabes que se me adelantaron?

—Porque a Castor se lo platicó la cocinera, que está casada con un sobrino de doña Emma. Pero es todo lo que sé y sabré al respecto. No quiero karmas de a grapa.

Así, navegué en la ignorancia durante un par de semanas, hasta que un día tocaron a la puerta y dejaron un paquete para mí. Al abrirlo me encontré con un frasco de vidrio, en cuyo interior se veía claramente una uña completa, bastante más grande —y desagradable— de lo que me hubiera imaginado. Había un pequeño mensaje, escrito en un trozo de servilleta de papel, que decía:

Espécimen de uña, perteneciente a Snail (qepd).
S. Juana.

Habían escuchado el interrogatorio y tomaron medidas.

Allí estaba la confirmación. El final de las preguntas y la incertidumbre.

Y sin embargo, al tener en mis manos la evidencia de la muerte de Snail, no sentí satisfacción alguna y me atrevo a decir que más bien fue lo contrario. No es que deseara que aquel hombre siguiera cometiendo sus demencias —genéticas o de otra índole—, pero me había dolido su muerte. Esa es la verdad.

Envié la uña a la compañía donde Snail tenía sus uñas depositadas y ordené ponerla junto con el resto del inventario, con instrucciones precisas; todo vía internet.

Tal vez estaba escrito desde el Big Bang que Snail merecía nacer de nuevo, en un mundo sin violaciones, niños de la calle o... Snails.

En mi siguiente visita al reclusorio, el Profesor había caído en una grave depresión y parecía haber envejecido varios años.

No hablamos de mucho.

Casi de nada.

Más bien, de nada.

Sin Snail, la vida del Profesor parecía haber perdido su objetivo

Omití decirle acerca del envío de la uña a la compañía de adn. Esa fue mi decisión personal. A diferencia de el Profesor, yo había conocido y tratado con Snail. Me consideraba quizás la persona que mejor lo había conocido. Por eso había tomado la decisión de darle una segunda oportunidad. Aunque, ¿no era el propio Snail quien decía que uno no toma decisiones?

Epílogo

Pocos meses después de terminado el asunto fue cuando quise realizar estas anotaciones. Para entonces, algunas cosas importantes habían sucedido:

Meléndez logró sacar al Profesor del reclusorio para que estuviera en arresto domiciliario.

Cinco días fue lo que soportó el Profesor. Aquella no era su casa. Era la casa de su esposa y sus hijas y sus nietos. Su casa estaba en otra parte.

El Profesor pidió volver al reclusorio.

Porcayo consiguió inversiones en futuros de loterías y rifas para diferentes parroquias, e incluso está ideando una franquicia con un paquete completo para iglesias. Muy pronto la parroquia contará con una escuela primaria de lujo, para niños pobres, así como del dispensario mejor atendido y surtido de toda la región.

Mi amigo Narco Decente por fin decidió retirarse, y como en tal profesión es difícil, para conservar el anonimato se volvió *swami* y trabaja en un ashram en algún lugar de Madagascar.

Malaque lo siguió y ahora es su mejor discípulo. En cuanto a Castor, su esposa no le dio permiso y sigue siendo guarura, aunque ya no la hace. Es muy bondadoso.

Yo no sabía que existiera la Conchinchina, pero sí. Fue precisamente en el norte de este país donde Meléndez encontró a Nico, bien pasado de opio en un burdel de su propiedad.

No le costó mucho trabajo sacarlo de allí, sobre todo cuando sabía quién era mi agente aduanal en la región, y metió al Nico en un ataúd con unos agujeros y lo mandó a México. El opio que se había fumado le duró todavía un par de días después de arribar al país.

Marcaida presentó el examen de primaria y secundaria y los aprobó. La maestra Cadena se ha comprometido a conseguirle el certificado de prepa —legal— en un año.

Meléndez no volvió a litigar, pero hasta donde sé, no se da abasto realizando la localización de personas y le va muy bien.

A doña Lola no he vuelto a verla, ni sé nada de su persona.

A pesar de la desaparición de Snail, los crímenes en Juárez no disminuyeron durante los meses siguientes.

DÍAS DE CEMENTERIO

*Una fábula sobre
la verdadera riqueza*

Novelas que atrapan

EL CADÁVER CRÍTICO

*El arte, la política y el terrorismo
construyen una ficción cercana a la realidad*

Novelas que atrapan

Este libro terminó de imprimirse en junio de 2008
en Editorial Penagos, S.A. de C.V., Lago Wetter
núm.152, Col. Pensil, C.P.11490, México D.F